VISIONS

Virginie Dubois

VISIONS

Recueil de nouvelles

© 2023, Virginie Dubois
Édition : BoD – Books on Demand, info@bod.fr.

Impression : BoD - Books on Demand, In de Tarpen 42, Norderstedt, Allemagne
Impression à la demande

ISBN : 978-2-3224-7411-0
Dépôt légal : mai 2023

Crédit image : Miguel Alcântara

> Toute l'histoire du contrôle sur le peuple se résume à cela : isoler les gens les uns des autres, parce que si on peut les maintenir isolés assez longtemps, on peut leur faire croire n'importe quoi.
>
> Noam Chomsky
> (Comprendre le pouvoir)

> Contrairement aux apparences, ce ne sont pas les croyances qui justifient les rites, ce sont les rites qui font naître les croyances.
>
> Guillaume Erner
> (La société des victimes)

> Lorsque tout le monde s'agglutine autour d'une même opinion, je m'enfuis : la vérité est sûrement ailleurs.
>
> Ami Maalouf
> (Léon l'Africain)

Préface

Les textes du présent recueil témoignent des idéologies prédominantes au cours de la première période communautaire, qui fait suite à un évènement appelé Grand Effondrement, survenu de manière brutale environ quatre siècles avant notre ère. Pour remettre les éléments dans leur contexte, il semblerait que la réunion de facteurs météorologiques et culturels, associés à une très forte surpopulation et à une surutilisation des ressources, ait conduit à d'importants mouvements démographiques, bouleversant totalement l'équilibre géopolitique. Les famines et les conflits culturels qui s'en sont suivis ont déclenché une guerre généralisée ne pouvant trouver de résolution dans l'idéologie nationaliste qui prédominait au cours de l'ère précédente, notamment en raison de la disparition de ce que l'on appelait communément « frontières ».

Près de 40 % de la population mondiale a disparu pendant cette période trouble, et le traumatisme social a profondément modifié l'organisation de l'ensemble de la planète. C'est ainsi que l'idéologie nationaliste a fait subitement place à l'idéologie communautariste : les populations, privées de leurs repères frontaliers, ont décidé de se réorganiser en communautés d'idées afin de mettre fin aux conflits.

Le Comité de recherches historiques a sélectionné un ensemble de récits permettant de mieux cerner les principales cultures de cette ère. Il a toutefois été décidé de conserver un texte supplémentaire datant sans aucun doute possible de la première période communautaire, mais n'ayant pu être attribué avec certitude à aucun des territoires connus. Si certains éléments peuvent faire penser que le rédacteur était un citoyen d'Era, d'Agora ou encore de Calypso, en raison des critères physiques prédominants dans ces régions, certains historiens veulent y voir le signe de l'existence d'une contrée mythique pouvant rappeler la célèbre Atlantis de la précédente civilisation. Aucun fait tangible ne confirmant l'existence de cette légende, le Comité de recherches historiques préfère ne pas commenter plus avant ces conjectures et livrer le texte tel qu'il a été découvert. Quelle que soit son origine, il semble en effet refléter avec un recul inhabituel l'enfermement identitaire qui prévalait à cette époque et contre lequel quelques voix encore timides et étouffées se faisaient déjà entendre.

Je ne suis pas une femme blanche de petite taille. Ces mots perçus au premier regard ne valent pas mieux qu'une étiquette de supermarché prétendant décrire toute l'étendue des gouts, des textures et des mille et une manières de les savourer. N'en déplaise aux égos de la société d'antan et d'aujourd'hui, je suis peut-être née femme, mais je ne le suis jamais devenu. Je suis un être humain, au même titre que n'importe qui d'autre, je me suis toujours sentie Homme, quel que soit le nom qu'on lui donne.

Je ne suis pas une femme blanche de petite taille. Si mes traits rougis ont pu être enviés, ils ont aussi été raillés, méprisés, jugés, évalués. Certainement moins que beaucoup d'autres, mais tout de même plus que ce que quiconque devrait avoir à accepter sans ciller. Ils ne m'ont pas rendue aveugle, cupide ou assoiffée de pouvoir. Ils ne m'ont privée ni du désir ni du besoin, pas plus que n'importe qui d'autre dans cette contrée florissante.

Je ne suis pas une femme blanche de petite taille. Malgré les efforts que l'on a pu y mettre, je n'ai jamais eu à courber la tête. Aux artifices, j'ai préféré les mots, à la peur, le temps. Je n'ai pas laissé ce monde de miroirs m'envahir de son reflet, ou peut-être juste un peu moins que d'autres.

Je ne suis pas une femme blanche de petite taille. Je suis ce que j'ai fait de moi à la force du temps, et non ce que les yeux me voient en l'espace d'un instant. Je suis ma persévérance, mon gout de l'aventure, ma solidarité et ma soif de l'autre. Je suis mon envie de faire plus, de faire mieux, et la force que j'y consacre chaque jour. Je suis aussi mes peurs, mes angoisses, mes cris et mes milliers de mots pour les faire taire.

En dépit de tout le bien que l'on se donne à s'abréger un peu plus à chaque instant, à se contorsionner dans de petites boites parfaitement monochromes, pièces mécaniques d'un jeu dont on ne veut rien voir, comme n'importe qui d'autre, je reste un monde qui ne peut se résumer à quelques mots.

Ce texte, à l'instar des récits qui vont suivre, peut être difficile à comprendre aujourd'hui tant notre civilisation est éloignée des évènements et des coutumes de cette époque. Pour mieux vous aider à vous représenter la réalité socioculturelle de la première période communautaire, parfois appelée

« Nouvelle Ère », imaginez donc qu'en un instant, dans un contexte instable, d'une violence inouïe, où la loi de la jungle semblait régner en tout lieu, on vous demande subitement de choisir votre camp. Femmes, hommes, protecteurs de la nature, croyants, idolâtres de la beauté ou de la morale populaire, tous se sont tournés vers les valeurs ou les personnes qui les rassuraient, qui leur ressemblaient, avec le même élan irrationnel que leurs ancêtres pour la terre sur laquelle ils étaient nés.

Quelques décennies après le Grand Effondrement, date à laquelle sont estimés appartenir les textes de cette collection, la peur semble apporter une certaine stabilité au nouveau système mondial, et les différentes communautés, luttant pour maintenir la paix et l'équilibre au sein de leurs frontières, ont encore peu de relations entre elles. La répartition des pouvoirs ainsi que les relations de domination et d'exploitation semblent quant à elles largement héritées des structures sociales de la période ayant directement précédé le Grand Effondrement.

Agora

1

À mon pote de toujours, à ton fils, pour que ton histoire ne tombe pas dans l'oubli avec tout le reste.

Ethan était du genre discret. Jamais un mot plus haut que l'autre, jamais vraiment content... ni vraiment triste non plus. C'était aussi le type le plus routinier que j'ai jamais connu. Un mardi, alors qu'il se rendait comme d'habitude à la Mediagora pour lire le journal et faire Dieu sait quoi qu'Ethan pouvait faire pendant des heures à regarder dans le vide, il a aperçu une femme qui ne collait pas du tout dans le paysage. Ça a tout de suite attiré son attention. Il connaissait les rouages du pays comme personne, et une déplacée, sur un banc, en plein milieu de la Mediagora, en pleine journée, un mardi, c'était assez inhabituel pour le sortir de sa torpeur quotidienne.

Je suppose que tu as déjà remarqué comme les gens peuvent éviter un problème tout entier, et le monde peut-être avec, en détournant simplement les yeux vers ce qu'ils maitrisent. Mais pas Ethan. Il regardait tout et, en quelque sorte, il ne voyait rien. Il ne se doutait même pas de l'existence des cachettes secrètes avant de la rencontrer. Franchement ! Qui n'est jamais allé dans une remise sordide pour s'envoyer en l'air ou se faire un petit trip ? J'avoue que je n'ai jamais compris comment il arrivait à faire ça, tout regarder sans jamais rien avoir l'air de voir, mais au moins, Jessica, il ne l'a pas loupée.

Elle lisait tranquillement sur un banc. Une belle jeune femme à la peau trop sombre pour ne pas surprendre au milieu de la Mediagora blanche. Bien sûr, on voyait parfois des déplacés, mais ils étaient déjà rares à l'époque et concernaient des inadéquations bien plus faciles à cacher. Même si l'Agora préfère généralement l'éducation ou la chirurgie au déplacement, en cherchant bien, je suis sûr qu'on peut encore trouver des femmes-nées non opérées dans notre Gendagora masculine, mais personne ne les remarque. L'invisible ne choque pas les communautés, et s'il n'y a pas de conflit, il n'y a pas de problème.

Pour Jessica, c'était différent. Avec son teint mat et ses cheveux crépus, le moins qu'on puisse dire, c'est qu'elle passait difficilement inaperçue. En plus, elle était belle ! Je crois qu'Ethan est tombé amoureux sur-le-champ. En tout cas, sa vie n'a plus jamais été la même.

La lettre s'arrêtait là. Machinalement, il tourna la dernière page et y découvrit un dessin. Une urne qu'il connaissait bien, c'était celle que Rye avait lui-même choisie pour y « enterrer ses cendres » comme il disait. Elles devaient y être déposées deux jours plus tard. S'il ne se dépêchait pas, quelqu'un trouverait certainement la suite de cette histoire avant lui, enfin, si ce n'était pas juste une blague de mauvais gout.

Il enfila son manteau par-dessus son pyjama et parcourut les quelques pâtés de maisons qui le séparaient de l'appartement de Rye. Il avait encore les clés. C'est là qu'il s'était installé à sa sortie du Centre éducatif, le temps de faire sa place dans l'Agora. Il connaissait parfaitement les lieux. Il se faufila dans le salon plongé dans la pénombre, glissa sa main à l'intérieur de l'urne qui brillait sur le haut de la massive cheminée de pierre et en retira une enveloppe, identique à celle qu'il avait trouvée le matin même dans la poche du costume qu'il porterait pour les funérailles. Il la récupéra et fila dans la petite chambre du fond, celle qui n'avait pas de fenêtre et dans laquelle il avait passé près d'un an avant de déménager à quelques rues de là. Il crut presque entendre les éternelles pitreries de Rye qui tentait sans relâche de pimenter de joie la grisaille quotidienne et le caractère taciturne de l'adolescent. Il alluma la lampe de chevet. La pièce était vide. La poussière emplissait l'espace et dansait autour du vieil abat-jour orangé à franges ; cela devait faire bien longtemps que personne n'y avait mis les pieds. Ici, nul ne le remarquerait. Il ouvrit l'enveloppe.

2

Je me souviens encore m'être écorché la paume de la main sur les pierres de la cheminée pour m'assurer que je ne rêvais pas. Ethan était entré en trombe, sans prévenir, et tournait comme un lion en cage dans le salon. J'étais persuadé qu'il était arrivé un drame. Tu ne te rappelles peut-être pas très bien, mais Ethan ne s'énervait jamais, il était toujours si calme. Quand j'ai compris que tout ce cirque était pour une femme qui lui avait tapé dans l'œil, j'ai éclaté de rire. Tu aurais dû voir sa tête, je ne l'avais jamais vu aussi rouge. Il l'a tellement mal pris que j'ai cru qu'il allait jeter le vase de mon oncle par terre, et ses cendres avec ! Il l'avait entre les mains, il m'a regardé, et il s'est mis à rire lui aussi. Après ça, il m'a tout raconté. Enfin, le peu qu'il savait de son étrange Dulcinée.

Ethan l'avait aperçue au printemps, en tout cas, c'est à ce moment-là qu'il avait débarqué chez moi. Le connaissant, ça faisait peut-être des mois qu'il se torturait les méninges pour trouver une manière de l'aborder. Déjà qu'il s'y prenait comme un manche ou qu'il ne s'y prenait pas du tout quand elles avaient leur diode de socialisation allumée… Même avec les rencontres arrangées par une application, c'était une catastrophe ! Ethan, il était plutôt du genre à laisser les autres s'approcher, et c'était mieux comme ça, crois-moi ! Mais Jessica, il ne la croisait sur aucune appli, aucun forum. Un vrai brin d'herbe dans une botte de foin. Il avait besoin d'un plan. Le mien n'allait pas beaucoup plus loin qu'un simple « Salut, tu lis quoi ? », mais il allait falloir une stratégie avec au moins dix coups d'avance pour Ethan.

La semaine suivante, il passait tous les soirs chez moi après le travail. Il ne faisait que des conneries au Centre d'attribution des ressources. J'essayais de rattraper ce que je pouvais, mais j'aurais bien aimé voir la tête de certains destinataires des colis qu'on a envoyés à cette époque-là. Un jour, je lui ai évité de justesse de livrer un sextoy à un religieux à la place d'un jouet pour son chien. Pas sûr que le vieux aurait fait la différence, peut-être même qu'il aurait apprécié. Qui sait ?

Mais ça aurait aussi pu sérieusement limiter nos opportunités de carrière et tout ce qui va avec.

Au niveau hiérarchique où on se trouvait dans nos jeunes années, ce genre de bourdes pouvaient passer inaperçues. Les huiles n'avaient pas que ça à foutre d'analyser les erreurs d'allocation des biens de catégorie D. En tout cas, personne n'a eu l'air de les remarquer à part moi. Cela dit, je n'avais pas l'intention de stagner à cet échelon toute ma vie !

Ethan, lui, il ne pensait qu'à la scène qu'il aurait à jouer le mardi suivant, lorsqu'il devrait interrompre sa Dulcinée dans sa lecture. Il essayait d'anticiper tout ce qu'elle pourrait dire, et on répétait les dialogues à la maison. On s'est tapé de bons fous rires, même s'il était complètement à cran. Le samedi, il ne tenait plus en place. Il était si nerveux que j'ai bien cru qu'il allait trouver une excuse pour ne pas y aller ou tomber vraiment malade. Mais le mardi, à la première heure, il était dans le salon à me préparer le petit-déjeuner.

Au dos de la dernière page figurait un nouveau plan qui le mènerait tout droit au beau milieu de la Mediagora. Rye était un excellent dessinateur, la destination ne faisait aucun doute. C'était bien du Rye tout craché, ça ! Aller planquer des lettres aux quatre coins de la ville pour lui raconter on ne sait quel délire sur des gens morts il y a bien longtemps… et avec du suspens en prime ! Il rangea les feuilles froissées dans sa poche, éteignit la petite lampe de chevet et rentra chez lui. Ses yeux se perdaient dans ses pensées comme la vapeur de son souffle dans la brume de la nuit. S'il ne voulait pas attirer l'attention en restant planté sur la place principale d'une Agora publique sans avoir de raison valable d'y aller, il devrait attendre mardi pour connaitre la suite.

3

C'est précisément de cet endroit qu'il l'observait, chaque mardi après-midi. Elle lisait sur le banc, celui que tu vois un peu à droite, avec la petite trace de peinture blanche. La place n'a pas changé, le fantôme de Jessica semble encore lire à l'ombre du grand chêne qui domine le parc. C'est aussi sur ce muret que je me tenais ce mardi-là, celui qui allait bouleverser notre vie à tous les trois.

Ethan a mis tellement de temps à s'approcher que j'ai cru que sa Dulcinée allait le prendre pour un pervers ou un dingue et s'enfuir à toutes jambes. Mais non, elle n'a même pas levé les yeux. Elle semblait enfermée dans une bulle invisible qui l'isolait du monde extérieur. C'était un peu comme si elle s'était fabriqué sa propre petite Agora, son propre quartier, juste pour elle. Avec ses cheveux denses qui s'affolaient autour de son visage hâlé et ses yeux verts d'un calme olympien, je me demandais bien dans quelle zone elle vivait. Surement dans un quartier de femmes blanches pour avoir accès à cette Mediagora, mais j'avais bien du mal à me représenter la manière dont la vigie locale arrivait à contenir le malaise. Déjà à l'époque, beaucoup de gens avaient perdu l'habitude de gérer les différences visibles au quotidien. Certes, les curieux et les critiques d'un système parfois jugé un peu trop hermétique étaient encore nombreux, et on acceptait plus facilement la mixité, mais pas plus de quelques heures par semaine, dans une Agora contrôlée, et seulement pour les volontaires. Là, c'était complètement différent. Jessica devait cohabiter en toute liberté et à longueur de journée avec des concitoyens qui ne lui ressemblaient guère. Au travail, au marché, dans les rues, sur cette place. Il était impossible qu'elle passe inaperçue, et les gens étaient déjà très sensibles sur ces questions lorsque nous étions jeunes. Maintenant, ce serait de la folie. Chacun de ses gestes, chacun de ses regards serait sans aucun doute montré du doigt, jusqu'à ce qu'elle capitule vers un autre quartier ou qu'elle sombre dans la paranoïa.

J'étais en train de m'imaginer à quoi pouvait bien ressembler le quotidien de quelqu'un qui ne pouvait se fondre dans aucune des zones de la ville que je connaissais, quand je me suis aperçu qu'Ethan avait enfin eu le courage de l'approcher. Ça y est, il lui parlait ! Sans doute de son livre comme on l'avait planifié. Il était très cultivé ; quoiqu'elle lise et quoiqu'elle dise à ce sujet, il trouverait assurément sur quoi rebondir. Même si la diode de socialisation de la jeune femme était éteinte, elle n'avait pas l'air de s'offusquer qu'Ethan l'ait abordée de manière si cavalière. Elle souriait, riait même parfois. J'étais tellement fier ! Faire d'Ethan un Don Juan en une semaine, ce n'était pas une mince affaire.

Après leur première rencontre, il m'a tout raconté dans les moindres détails, tous les mots, plusieurs fois. Rien de très intéressant si tu veux mon avis, il suffisait de les observer de loin pour voir qu'ils se plaisaient, pas besoin de tout ce tralala linguistique, mais Ethan, il avait besoin de se rassurer tout le temps, de trouver des signes là où il n'y avait rien à chercher. Alors j'ai écouté son récit encore et encore, jusqu'à ce qu'il *réussisse à se convaincre lui-même qu'elle serait encore bien là la semaine suivante.*

Et elle était là, sur le même banc, tout comme le mardi suivant et celui qui l'a suivi. Si je me souviens bien, j'ai dû l'accompagner six semaines de suite avant qu'il ne soit assez sûr de lui pour se rendre au parc sans chaperon. Pire qu'un gamin ! Moi, je pensais que tout ça allait bien trop lentement et qu'il était grand temps qu'ils se retrouvent une petite cachette pour consommer cette amourette platonique qui commençait sérieusement à me courir sur le haricot. Ethan et son romantisme me bouffaient non seulement une partie de mes mardis, mais aussi pas mal de soirées qu'on aurait pu passer à picoler et à raconter des conneries plutôt que de parler de Sainte Jessica.

Quand j'ai appris à la connaitre, je m'en suis un peu voulu d'avoir parfois cherché à l'éloigner d'elle, par jalousie diraient certains. Moi, je pensais bien faire ; ils n'auraient jamais eu le droit d'avoir une liaison officielle de toute façon. C'était une chouette fille, mais des chouettes filles, il y en avait beaucoup d'autres. Ça m'a pris beaucoup plus de temps qu'à Ethan pour réaliser qu'il y avait là quelque chose de spécial et, bien des années plus tard, je ne suis toujours pas certain d'avoir saisi ce qu'il ressentait.

Alors qu'il lisait ce message d'outre-tombe, entre deux errances de son regard vers ce banc des plus communs qui avait joué un rôle si singulier dans l'histoire de bien des gens, il n'avait cessé de se demander pendant combien de temps cette feuille de papier avait pu rester là, derrière cette pierre du muret sur lequel Rye avait passé des heures à observer les deux amoureux.

Comme pour les deux lettres précédentes, Rye avait laissé un indice au dos de la dernière page. Il faudrait qu'il se rende à la périphérie de la Mediagora pour connaitre la suite. Encore une semaine à attendre ! Car s'il était facile de passer inaperçu et de se repérer dans les centres de toutes les Mediagoras, Gendagoras et autres Agoras publiques de la ville (il avait même entendu dire que la place centrale était identique dans toutes les zones communes du pays !), ce ne serait certainement pas aussi simple dans les ruelles tortueuses bordant les couloirs de jonction. Entre les passages, les cachettes et les petits trafics et trafiquants, mieux valait qu'il attende d'avoir la journée devant lui. Il devrait donc encore patienter une autre semaine pour s'aventurer dans cette zone qu'il connaissait mal. La lettre serait-elle encore là ? La curiosité le démangeait, mais il était déjà tard et il ne pouvait pas prendre le risque de se faire remarquer dans un périmètre non autorisé et de perdre son pass de transit. Dieu seul sait combien Rye avait écrit de messages et où il les avait cachés !

Dans le couloir étroit à ciel ouvert qui le ramenait chez lui, il se demanda ce qu'Ethan avait dû ressentir en laissant sur place la femme qu'il aimait, chaque semaine, sans savoir s'il la reverrait un jour. Lui n'avait jamais été amoureux. Il avait entendu parler des papillons, des pincements au cœur, du souffle court et des sueurs froides, mais il n'enviait guère les victimes de cette foudre, qui semblaient plus souffrir qu'autre chose à ses yeux d'adolescent. Il n'avait rien d'un aventurier et, hormis quelques divagations passagères, il avait toujours été heureux de retrouver le quartier HB03, le seul qu'il ait jamais connu, même lors de ses rares sorties hors du Centre éducatif. De ce qu'il avait lu jusqu'ici, l'Agora avait bien raison de mettre en garde les citoyens contre ces élans passionnels qui vous font perdre la tête et compromettent l'équilibre serein, mais précaire, que le pays était parvenu à construire pour apaiser durablement les conflits entre les Communautés. Si c'était là le prix à payer pour connaitre la paix et la liberté, il ne le trouvait pas excessif.

4

Visiblement, Rye avait toujours été un drôle de personnage, se dit-il alors qu'il se trouvait devant la porte de la mystérieuse cachette. Tôt le matin, il avait passé les postes de contrôle du quartier HB03 et était allé prendre son petit-déjeuner dans un café de la Gendagora qu'il connaissait bien. Puis il avait présenté son pass de transit pour la quatrième fois afin de pouvoir pénétrer dans la Mediagora.

Ces deux espaces publics étaient assez éloignés, comme c'était la règle pour éviter tout risque d'attentat dans les zones tampons, mais il voulait vérifier une intuition qu'il avait eue le mardi précédent. Quand il arriva sur la place de la Gendagora, presque vide à cette heure, il réalisa soudain qu'elle était en tout point identique au jardin qu'il avait si longuement observé huit jours auparavant. Les allées, les bancs, l'emplacement des lampadaires, même les feuilles des arbres semblaient s'efforcer d'adopter les mêmes ondulations que leurs sœurs de la Mediagora. Comment avait-il pu passer à côté pendant toutes ces années ? Certes, il ne s'arrêtait jamais bien longtemps dans ces lieux communs et impersonnels, leur préférant la chaleur familière des cafés et des salles mieux ajustées à son état d'esprit, mais il les traversait souvent et la ressemblance était tout de même saisissante.

Arrivé à l'entrée de la Mediagora, il avait scrupuleusement et discrètement suivi le plan tortueux de Rye, sillonnant des ruelles et croisant des personnages dont il n'aurait jamais soupçonné l'existence. Il mit ainsi une bonne heure à trouver la porte de l'édifice que Rye avait fidèlement reproduite sur le papier. Il tenait la feuille si fermement dans la poche de sa veste que la sueur de sa main droite avait fini par se mêler à l'encre bleue. La petite bâtisse ressemblait à une vieille grange, ou plutôt à l'image qu'il s'en était faite, et jurait particulièrement dans ce décor urbain. Un peu trop voyante pour une cachette, se dit-il, mais cela n'avait pas l'air de gêner son fonctionnement. La grande porte en bois aux sommets arrondis était fermée d'un imposant cadenas. Il saisit le code que Rye avait inscrit à côté du dessin et pénétra dans le bâtiment.

Rien. Un espace vide, exigu et sombre. Sale. Il parcourut la pièce, déçu. Les minuscules fenêtres ne renvoyaient qu'une pâle lueur sur les murs poisseux de poussière humide. Le tout ne devait pas faire plus de trois mètres sur cinq, ce qui donnait l'impression que la salle, avec son haut plafond, avait été posée à l'envers. Il déplaça de nouveau une pierre marquée d'un étrange symbole derrière laquelle il découvrit le quatrième message de Rye.

C'est là que tu as été conçu. Il eut un pincement au cœur. Il avait toujours su qu'Ethan était son père, même s'il l'avait peu connu, mais jusqu'ici, on ne lui avait jamais parlé d'une mère, dont il n'avait hérité que d'épais cheveux noirs et des yeux d'un vert profond. Dès la première lettre, il s'était bien douté des intentions de son ami, mais à la voir couchée là, sur le papier, presque réelle, il ne put réprimer la larme qui se frayait un chemin au coin de son œil. Il aurait tellement aimé que Rye lui fasse parvenir son portrait au lieu de ces messages énigmatiques.

C'est là que tu as été conçu. Maintenant, ça ne ressemble plus à rien, cela fait bien longtemps que le bâtiment ne sert plus qu'à la contrebande. Mais on en avait fait un vrai bordel, ou un nid d'amour diraient certains. Quand on n'a pas le choix, le même objet peut prendre mille facettes différentes selon la personne qui le regarde. Imagine cette pièce avec un lit à baldaquin orné de rouge, des tentures aux murs, des petites lampes colorées dénichées en contrebande venant tout droit de la Mediagora orientale. Et l'encens, les draps de soie, les cruches de vin à l'ancienne ! C'était une vraie merveille !

Ce serait indécent de te raconter ce que j'y faisais. Par contre, pour Ethan et Jessica, inutile de garder le secret. Un beau gâchis si tu veux mon avis. Tout ça nous coutait une fortune, et ils ne faisaient rien ! En tout cas au début. Ils parlaient, comme s'ils n'avaient pas pu faire ça ailleurs, dans un lieu gratuit. Deux heures (parce qu'il ne fallait pas le presser le Ethan) et aucune action. Il me racontait tout en plus ! Je n'en ai pas retenu grand-chose, je ne l'écoutais même pas la plupart du temps pour être honnête, mais il ne pouvait pas s'empêcher de me répéter les mots et les moindres gestes. Sans intérêt.

Un jour, il a tout de même réussi à me sortir de la léthargie dans laquelle il me plongeait chaque fois qu'il me racontait fleurette. Il avait déniché une information sur le fonctionnement de l'Agora dont je n'avais absolument pas entendu parler. Ça m'a laissé sur le cul parce que, un, j'avais mes sources et je me considérais plutôt bien renseigné par rapport aux pèquenots du coin, et deux, parce qu'Ethan était toujours à l'ouest sur les questions d'actualité. Il comprenait les subtilités de l'Agora, mais systématiquement avec trois trains de retard, un vrai historien ! On avait sans cesse l'impression qu'il débarquait de la Lune et qu'il ne savait pas ce qu'était un journal. Bref, Jessica avait depuis peu intégré un quartier métis. J'étais persuadé qu'ils avaient disparu il y a bien longtemps avec les regroupements communautaires et les progrès de la médecine ADN et esthétique, mais non ! Ils avaient dû en rouvrir un. D'après ce que Jessica lui avait raconté, un nombre non négligeable de personnes avaient décidé de conserver leur apparence naturelle. Mais, contrairement à elle, tous n'étaient pas parvenus à s'intégrer aux autres communautés, blanches ou de couleur, et à supporter le regard de cet autre qui semble vouloir vous transpercer ou vous effacer même lorsqu'il est paré des meilleures intentions.

Jusqu'ici, Jessica avait toujours vécu dans un quartier blanc, ce qui n'était pas le plus courant pour les citoyens métis, mais elle n'avait jamais eu de réels problèmes. Quelques signes d'embarras, quelques remarques, rien de plus. Elle *savait se défendre, et il fallait reconnaitre qu'elle avait le don de trouver les bonnes formules pour clouer le bec à quiconque venait l'emmerder. Elle avait toutefois accepté de rejoindre ce nouveau quartier, car elle en appréciait la diversité. Les métis étant une communauté peu nombreuse, les fondamentalistes, les athées, les libéraux et les écologistes côtoyaient aussi bien les mères traditionalistes et les féministes les plus dogmatiques que les passionnés de culturisme ou les hédonistes plantureux. Les autres communautés étaient généralement assez vastes pour se permettre toutes sortes de subdivisions identitaires, mais les choses étaient plus complexes pour les individus aux caractéristiques physiques moins communes. Impossible de diviser tout ce beau monde en microzones sans risquer de créer des cellules d'isolement dédiées à trois ou quatre pauvres âmes perdues. Au final, la plupart des habitants du nouveau quartier passaient le plus clair de leur temps dans la Miniagora qui correspondait le mieux à leurs préférences politiques, religieuses ou sociales, et le quotidien semblait se dérouler sans trop d'accrocs. De toute façon, les métis n'allaient pas faire long feu avec la politique de reproduction, qui n'était pas plus permissive à l'époque.*

En dehors de cette petite curiosité qui avait piqué mon orgueil, il ne se passait rien de bien extraordinaire. Ethan avait renoué avec la routine, même si ça n'était pas vraiment la sienne, et j'avais retrouvé un ami, même si ce n'était pas vraiment le même. Nous avions repris nos conversations anodines et nos fous rires. Ethan continuait de voir Jessica tous les mardis et de me relater toutes leurs discussions, mais, nature oblige, il y avait de moins en moins de mots et de plus en plus de zones confidentielles dans ses rapports, ce qui n'était pas pour me déplaire ! Bien sûr, je n'aurais pas été contre quelques détails croustillants, mais il n'aurait pas su les raconter dans les règles de l'art de toute façon, et leurs ébats laissaient plus d'espace à notre amitié.

Je savais qu'Ethan était un grand romantique, que j'aurais dû insister sur certains aspects « pratiques », mais à chaque fois que j'essayais d'aborder le sujet, j'avais le droit à un soupir accompagné du traditionnel : « ça n'a rien à voir, tu comprends rien ! » Et puis je n'étais pas son père, merde !

Bref, Jessica est tombée enceinte environ deux ans après leur rencontre, en tout cas, c'est à ce moment-là que je l'ai appris, trop tard. Elle a toujours affirmé qu'elle ne s'en était pas rendu compte à temps, qu'elle prenait ses précautions, mais je n'en ai jamais rien cru. Les tourtereaux avaient dépassé les délais pour un avortement. Ils se seraient juste fait taper sur les doigts s'ils avaient signalé le problème dans les temps, mais ils planaient dans d'autres sphères.

Dans son délire, Ethan avait voulu déposer une demande de reproduction en bonne et due forme. Ça n'aurait pas été le premier couple à avoir mis la charrue avant les bœufs, si tu me permets l'expression, mais dans leur cas, ça n'avait aucun sens. Encore une idée complètement déconnectée de la réalité à la Ethan ! Entre Jessica qui était métisse et lui qui souffrait d'une déficience cardiaque génétique, l'autorisation ne leur aurait jamais été octroyée. Pour une fois qu'on était d'accord sur un point avec Dulcinée !

En attendant de trouver mieux, il fallait te cacher. Son ventre rond commençait à se remarquer et elle ne pouvait plus se permettre de se promener dans la Mediagora. J'ai bien suggéré d'activer mes réseaux, mais je ne connaissais personne dans le quartier FM01, et la seule solution que je pouvais proposer était radicale et un peu risquée. Mais c'était toujours mieux que l'histoire abracadabrantesque qu'elle nous a pondue, si tu veux mon avis.

Une de ses voisines était une fondamentaliste, enceinte, elle aussi. Comme tu le sais, elles refusent les actes médicaux. Le plan était donc de faire passer les deux nouveau-nés pour des jumeaux ! Entre les dates approximatives et les possibles complications, je ne voyais vraiment pas comment ça avait la moindre chance de ne pas se terminer en drame. L'idée d'être parents leur avait foutu de la glu dans le cerveau, c'était la seule explication que je pouvais trouver !

Pendant qu'il lisait, il ne s'était pas aperçu que des larmes avaient envahi son visage. Les yeux rouges, gonflés, il retourna la dernière feuille. « T'es sérieux là ? » Les mots avaient résonné dans la petite pièce vide et lui renvoyaient un écho d'outre-tombe.

Des dizaines de questions fusaient dans son esprit. Comment se fait-il qu'on lui ait permis de voir son père chaque semaine au Centre éducatif, comme pour tous les autres enfants ? Qu'était-il arrivé à sa mère ? Et la plus importante, comment je vais faire pour entrer dans l'Agora ?

Il ne s'était jamais senti concerné par la politique et n'avait vu le principal site gouvernemental du pays que deux fois lors de sorties scolaires, un espace totalement vidé pour l'occasion, à l'instar de son crâne qui n'y avait trouvé aucun intérêt. Il n'y avait aucune raison qu'on lui accorde un pass citoyen !

Dans les étroits couloirs qui le ramenaient vers le quartier HB03, presque déserts en se radieux milieu d'après-midi, il se demandait comment Rye avait déniché cette cachette, quels étaient ces « réseaux » dont il s'enorgueillissait. Il l'avait connu toute sa vie, et jamais il ne lui avait mentionné ce genre de choses. Rye avait ses zones d'ombres, il le savait. Mais pourquoi ne lui en avait-il jamais parlé ? Pourquoi avait-il attendu de mourir pour lui raconter tout cela ? Malgré tous ses efforts pour repousser ce sentiment désagréable au plus profond de son âme, il ne put s'empêcher de considérer que son mentor, son ami de toujours, l'ami de son père, avait pu avoir peur qu'il ne le dénonce… et Rye avait peut-être eu raison.

Jusqu'ici, il n'avait jamais rien fait d'illégal, n'avait jamais gardé aucun secret, que ce soient les siens ou ceux des autres. Pourquoi en aurait-il fait autrement ? Peut-être devrait-il amener toutes ces lettres au Conseil de quartier et en finir une bonne fois pour toutes. De toute façon, jamais on ne lui accorderait de pass citoyen.

5

Contre toute attente, il avait obtenu assez rapidement un pass visiteur l'autorisant à pénétrer dans l'Agora. Il avait toujours envisagé ce grand espace comme un lieu mythique exigeant moult efforts et justifications, mais il n'avait eu qu'à remplir une demande en ligne, à indiquer dans la case « Motivation » qu'il ne s'y était pas rendu depuis l'école et qu'il était temps qu'il renoue avec ses devoirs de citoyen – une phrase glanée au café auprès de trafiquants notoires – et à signer de son empreinte digitale pour se voir délivrer le Graal.

Au fil des deux semaines qui avaient été nécessaires pour vérifier sa demande, la vie avait repris son cours. Tout comme son père et Rye, il travaillait au Centre d'allocation des ressources, mais son zèle, sa fidélité à l'Agora et ses dons en mathématiques lui avaient ouvert les portes de la très convoitée Division de la planification. À peine sorti de formation depuis deux ans et issu d'un milieu populaire et peu prosélyte, il était encore en bas de l'échelle, mais là, au moins, il aurait une chance de faire ses preuves.

Pendant deux semaines, il n'avait cessé de se demander si cette mascarade valait la peine de mettre en péril tous les efforts de ces dernières années. Les lettres de Rye avaient bien souvent atterri à la poubelle, mais il était toujours allé les défroisser, rongé par la curiosité, par l'envie de connaitre un peu plus cette mère qui existait pour la première fois. « Par incubation », c'est tout ce qu'indiquait son acte de naissance.

En dehors de ces tourments, il passait ses journées à saisir et traiter les données envoyées par ses supérieurs, à discuter de filles, à faire du sport, avec légèrement plus d'entrain qu'à l'accoutumée. Le soir, il revenait à pied vers HB03, la tête pleine de mille questions qu'il ne se posait jamais. Avec ses collègues, une bonne partie de chaque pause déjeuner consistait à parler des femmes, des fondamentalistes, des différents quartiers, des Autres. Ils étaient là pourtant ! La Division de la planification, comme de nombreux services publics, était une zone mixte. Certes, les règles de conduite et les chartes mettaient toutes en garde contre les risques d'atteinte à la sensibilité et soulignaient les potentielles sanctions en cas de problème soupçonné ou avéré. Un regard, un geste, une parole mal mesurée, il était si facile d'attirer les suspicions, que peu s'aventuraient à communiquer avec des représentants d'une communauté différente. Mais ils n'étaient tout de même pas tous abrutis ! Dans les entreprises privées, passe encore ! Cela faisait bien longtemps qu'elles avaient installé leurs bureaux dans les quartiers et les Miniagoras pour éviter les procédures juridiques, mais à la Division, cela n'avait aucun sens. Les communautés demeuraient totalement imperméables tout en se côtoyant presque chaque jour.

De toute façon, il ne se posait pas vraiment ces questions. Pourquoi l'aurait-il fait ? N'était-il pas comblé et en sécurité à HB03 ? Ses interrogations restaient donc enfouies, en suspens, comme le vent qui fait tournoyer les feuilles et dont on attend qu'il cesse pour enfin arborer ce jardin digne du regard des autres que l'on voit en rêve. Qui se soucie du vent du moment qu'il s'arrête de souffler ?

Un jeudi, il reçut son pass l'invitant à se rendre à l'Agora le lundi suivant, jour de repos et de séances publiques. Déjà ! Il ne savait pas s'il devait ressentir de la joie ou de la peur, mais il devait se préparer, ne pas avoir l'air perdu lorsqu'il déambulerait dans l'immense salle voutée. Comment était-elle déjà ? Il se rappelait vaguement les couloirs, l'auditorium, le haut dôme vitré, les fauteuils de velours bleu. Il se rappelait les casiers des citoyens les plus assidus alignés à l'entrée, à perte de vue. Il y récupèrerait sans doute une tenue neutre et la suite du message de Rye grâce au jeton numéro 51 qu'il avait glissé dans sa dernière lettre. Dans le doute, il ferait mieux de se procurer un uniforme neuf pour ne pas risquer de tout gâcher.

Le lundi, il se leva tôt pour être certain d'arriver parmi les premiers dans l'antre de l'Agora. L'estomac noué, il ne put avaler qu'un simple café noir avant de s'engouffrer dans les couloirs de jonction labyrinthiques et venteux, presque déserts à cette heure matinale. L'Agora se situait au centre des quartiers, et HB03 n'en était pas très éloigné. Mais en constatant les files d'attente qui commençaient lentement à se former, les contrôles de sécurité et les détours nécessaires pour s'y rendre, il ne fut guère étonné du légendaire désintéressement des quartiers périphériques envers la vie politique de la cité et du pays. Ce n'est pas que la proximité l'y incitait particulièrement, mais il serait d'autant plus réticent s'il devait prendre le métro et rallonger son trajet d'une bonne heure dans une rame bondée.

Il dut présenter son pass, montrer ses papiers et vider intégralement son sac une petite dizaine de fois avant de pouvoir pénétrer dans l'enceinte extérieure de l'Agora. L'édifice blanc surmonté d'une gigantesque voute bleue était immaculé et impressionnant. Un membre du personnel de sécurité le pria de dégager le passage et de ne pas s'arrêter dans la cour, « surtout en tenue civile ». Il se dirigea vers les immenses portes de bois.

Il n'y avait pas encore foule, mais le bâtiment était loin d'être dépeuplé. Après avoir fait quelques pas, il put lire le numéro indiqué sur un des casiers : 11 52. Il n'avait décidément pas emprunté l'entrée la plus proche de sa destination. Une quinzaine de minutes plus tard, il inséra le jeton 51 dans la fente du casier.

Comme il s'y attendait, Rye avait laissé une tenue bleue règlementaire. En la prenant dans ses mains, il sentit aussitôt des feuilles de papier pliées dans une des poches. Il sortit délicatement le vêtement et tous les accessoires du casier, referma la porte et se dirigea vers les vestiaires.

En raison de l'affluence, le temps pour se changer était limité ; après une poignée de secondes, les portes s'ouvraient automatiquement. Il ne pourrait donc pas s'installer tranquillement pour lire la lettre de Rye à l'abri des regards. Il n'avait pas souvent l'occasion de porter l'uniforme et la vision de tous ces corps bleus informes lui donna le vertige.

Il monta au sommet des titanesques gradins circulaires, s'assit sur un siège de la dernière rangée, puis jeta un coup d'œil à l'immense coupole de verre et de fer avant de placer discrètement les feuilles sur le double écran pliable de la tablette de vote.

Alors te voilà dans l'antre du monstre qui a dévoré ta mère. À défaut d'avoir le sens des réalités, Rye avait de toute évidence celui de la formule.

Les choses étaient quand même très différentes à l'époque. Si tu cherches bien au fond de ta mémoire ou de tes livres d'histoire, tu y trouveras peut-être une image de ce qu'était l'Agora au début de la Nouvelle Ère, quand elle avait encore des visages. Les corps, eux, avaient déjà disparu. Les activistes s'efforçaient tous d'assoir leur place dans ce nouveau système, et la souffrance d'autrui leur offrait un trône de premier choix. Le regard sur soi, le regard des autres, tout se mélangeait, et seuls comptaient les petits gestes absurdes capables d'apaiser pour un temps le malaise des victimes du jour. C'est un peu comme ça que l'Agora est née si on y réfléchit bien. Petit à petit. Mur par mur. Paranoïa par paranoïa. À l'époque, on avait déjà adopté l'ample tenue bleue, jugée moins austère et culturellement chargée que le noir initial, mais on voyait tout de même de la peau, des coupes, des styles, des formes, des accessoires, des gens. Visiblement, c'était encore trop pour arrêter les discriminations, ou du moins les protestations. Alors on a interdit les fioritures, les touches personnelles, on a ajouté la capuche, puis les gants, puis le masque. L'uniforme citoyen, obligatoire dans les zones mixtes « non protégées », est devenu de plus en plus large au nom du droit à la diversité. Des années plus tard, on a réussi à invisibiliser et à classer toutes les différences, mais je ne suis pas certain que cela ait réglé quoi que ce soit. À défaut de véritable paix sociale, on a au moins arrêté d'accuser le vêtement, et ça a cessé de faire la une des journaux. C'est déjà ça.

Après des mois sans nouvelles, Ethan a reçu un message de Jessica l'invitant à la rejoindre à l'Agora une semaine plus tard. Le pauvre, il s'est fait des films surréalistes. J'ai essayé de le faire atterrir, de lui dire qu'on ne s'enfuyait pas comme ça, et pour aller où ? Quelques mots et ses pieds ne touchaient plus terre.

Comme elle le lui avait demandé, il s'est rendu ici, il s'est installé au dernier rang, contre le mur qui fait face à la porte d'entrée principale. Je suppose que c'est là que tu es assis toi aussi. C'est la place la moins pratique et la plus calme de toute l'Agora.

Il a attendu longtemps, et la salle était déjà presque pleine lorsqu'il sentit la main de Jessica frôler la sienne. Il a bien cru que son cœur allait se figer avant d'éclater en des milliers de morceaux de verre, qui resteraient à jamais plantés dans le velours bleu de sa chaise et dans sa chair. Et c'est un peu ce qui s'est passé. Il a perdu une partie de lui-même dans cette pièce. Je me suis dit que tu parviendrais peut-être à la trouver quelque part.

Elle a frôlé sa main, sa main nue, avant de glisser une feuille dans sa poche, et elle s'est évaporée. Littéralement. Il avait senti ses doigts, son souffle caresser son oreille, il avait deviné son ventre arrondi sous sa large tenue, avait presque réussi à le toucher du bout des doigts. Puis plus rien. Elle avait disparu. Il est resté là jusqu'à la fermeture, espérant qu'elle se cachait quelque part, qu'elle l'attendait. Les gardes ont dû le mettre dehors.

Il craignait tellement qu'elle lui soit confisquée, qu'elle s'envole, qu'elle s'efface, qu'il a gardé la lettre de Jessica dans sa poche, serrée entre ses doigts, pendant tout le chemin du retour. Il n'y avait pas encore jeté un seul coup d'œil quand il a passé le seuil de ma porte.

Voilà, c'était terminé. Elle avait été découverte. Il ne la reverrait probablement jamais. Elle le rassurait. Elle avait obtenu la garantie qu'il ne lui serait fait aucun mal, qu'Ethan pourrait coélever son fils avec un Centre éducatif, comme tant d'autres parents, mais à certaines conditions. Elle devait disparaitre, au moins officiellement, et tu ne devrais jamais connaitre son existence. Les flous identitaires ne faisaient qu'attiser les conflits internes et externes. Cela peut te paraitre abstrait maintenant, mais les blessures de la guerre étaient encore très vives, et l'Agora s'était avant tout donné pour mission de protéger ses citoyens des autres et d'eux-mêmes.

Elle n'avait rien écrit qu'Ethan n'aurait pu deviner ou apprendre tôt ou tard s'il avait eu les pieds sur terre. Elle le connaissait comme personne, il faut bien lui reconnaitre ça. Il a pleuré pendant plus de dix jours. Les nouvelles étaient bonnes pourtant. Il allait avoir un fils, il était en parfaite santé, il pourrait l'élever. C'était inespéré au vu de la situation. Je l'ai aidé à s'accrocher à ça, à s'accrocher à toi, et la vie a repris son cours. Tout l'amour qu'il avait pour elle, il te l'a donné, et c'était beaucoup. Il faut croire qu'il n'avait pas assez de réserves pour aller au-delà de tes six ans.

La lettre s'arrêtait là. Au dos, Rye avait dessiné le portrait d'une femme aux cheveux denses.

Alors ce n'était que ça. Elle avait existé, puis elle avait disparu, comme tant d'autres. Il n'y avait aucune réponse, pas d'adieux, rien que quelques traits sur du papier jauni.

La lettre s'arrêtait là. Le vent se calmait. Après tout, cette histoire n'avait peut-être jamais eu lieu, et même si c'était le cas, que pouvait-il bien en faire ? Rye s'attendait-il à ce qu'il remette le monde en question maintenant que quelques maladresses de l'Agora éclaboussaient son passé ? C'était mal le connaitre. Comme tant d'autres histoires, celle-ci irait rejoindre un coin de sa mémoire avant de tomber dans l'oubli. Sa demande de promotion annuelle trainait depuis bien trop longtemps déjà sur son bureau de la Division.

sirÉ

Je ne pourrai jamais oublier comment tout cela a commencé. C'était il y a bien longtemps, et le monde a beaucoup changé depuis lors, mais les images qui défilent chaque nuit sous mes paupières closes sont aussi nettes que si tout cela s'était produit hier. Aujourd'hui, en dépit de leurs lèvres scellées, je vois bien que les jeunes gens nous jugent, qu'ils imaginent qu'ils auraient pu faire mieux, que nous aurions dû faire autrement, prendre davantage de précautions. L'esprit critique est si facile lorsque les conclusions ont déjà été tirées. Nous, nous étions tout simplement convaincus de ne pas avoir le choix et, malgré tout ce dont j'ai été témoin, je continue souvent de penser que nous avions raison. Comment tant de territoires, tant d'idées empruntant une même direction pouvaient-ils tous faire fausse route ? Les interprétations étaient certes bien distinctes, mais l'injonction se répétait à l'identique : nous devions renoncer à notre liberté pour rétablir l'ordre et sauver ce qui pouvait l'être de l'humanité. Dans cette guerre de tous contre tous qui faisait rage, seuls les dictateurs parvenaient à contenir l'hémorragie de fureur qui nous avait contaminés. Nous étions convaincus de ne pas avoir d'autre choix, nous ne pensions tout simplement pas en être encore là plus d'un demi-siècle plus tard.

Les yeux dans le vague, égaré dans mes pensées ressassées du matin, je vérifie que j'ai activé le bon visa de sortie sur mon passeport numérique. À 70 ans passés, il m'arrive plus souvent que je ne veux bien l'admettre d'oublier ces petits détails du quotidien capables de transformer une journée ordinaire en véritable calvaire. La dernière fois que cela s'est produit, j'ai perdu plusieurs heures au poste de contrôle à expliquer à trois jeunes, plus occupés à se moquer de mon âge et de mes trous de mémoire qu'à trouver une solution, pourquoi je me promenais avec une autorisation périmée. J'avais d'abord essayé de préserver quelque peu ma fierté, en vain, défait par l'incompréhension administrative et l'envie impériale de retrouver mes mornes habitudes, toujours plus joyeuses que ce triste bâtiment sans âme. Quand je suis enfin sorti, ma fenêtre de ravitaillement était passée et j'avais écopé de trois jours de confinement strict. Mon réfrigérateur était vide. J'ai dû me résigner à avaler des boites de conserve infectes et à pester pendant le reste de la semaine contre cette jeunesse bornée qui prend tout au pied de la lettre.

Je suis parfois sidéré de voir à quel point nos belles idées se sont couvertes de ridicule une fois extraites de leur contexte. C'est peut-être à cela que nous devrions reconnaitre les pires d'entre elles. Pour les visas de sortie, cela avait commencé lors de la grande épidémie, et encore aujourd'hui, nous brandissons avec fierté cet outil innovant qui nous a permis de sauver des millions de vies, éteintes depuis bien longtemps. C'est en tout cas ce que disent les livres d'histoire. Puis ça a été pour les petites épidémies, les émeutes, les conflits entre les citoyens aux opinions contraires, la régulation du trafic et de la population. Ça a fini par devenir une habitude, une évidence pratique qui ne dérange que le fond silencieux de notre inconscient.

Mon visa médical activé, je marche à pas lents vers le Centre de don du district, depuis longtemps surnommé Don, prononcé avec un accent anglais pré-sirÉ que je ne parviens toujours pas à m'expliquer. Je devais m'éteindre le 3 mars, je suppose donc que la date a encore changé en raison d'évènements imprévisibles. J'espère seulement que ce ne sera pas plus tôt, que ce ne sera pas pour aujourd'hui, pour demain, pour cette semaine. Je n'ai plus grand monde autour de moi, mais j'aimerais au moins avoir le weekend pour dire au revoir à ceux qui restent. Les jours de travail, personne n'a le temps et les demandes de dérogation de planning sont rarement accordées.

Il fait froid en cette fin février. Les rues sont calmes. Sur le chemin, seuls deux agents se sont résignés à sortir leurs mains de leurs poches pour vérifier mon visa entre deux souffles sur leurs doigts engourdis. Arrivé devant le grand bâtiment blanc uniforme qui disparait presque sur ce fond de ciel neigeux, j'ai l'impression d'être déjà aux portes du paradis, un paradis de semelles qui crissent, de lèvres closes et de paupières hermétiques. Le Don n'est pas le lieu le plus gai de la cité, mais c'est sans aucun doute l'un des plus sereins, l'image du monde dont nous rêvions, un monde de contrôle et de sécurité, un monde sans fenêtres et sans vie aussi. Toute médaille a son revers et, dans notre certitude, nous n'avions pas voulu la retourner.

Je franchis les imposantes portes blanches automatiques et un hôte d'accueil au sourire immaculé me dirige vers le dixième étage. En avance, je m'installe dans les douillets fauteuils blancs et me laisse absorber par la musique insipide qui comble discrètement le vide sonore. Je ne saurais dire si j'aime cet endroit ou si j'y passe toujours plus de temps que nécessaire pour me punir, mais ce grand rectangle aux murs infinis a le don de faire revivre mes souvenirs. Dans ce vide que nous nous sommes acharnés à bâtir, quel autre choix avons-nous que de ressusciter ce passé que nous voudrions tant oublier ?

Face au portrait sans âge de Lee, seul ornement de cette pièce stérile, je navigue parmi les images mouvementées de ma jeunesse. J'avais tout juste vingt ans, le monde brulait autour de moi. Malgré la fraicheur et l'air pur de la salle d'attente du Don, je ne peux m'empêcher de suffoquer en y repensant. Après la montée des océans et les bouleversements agricoles, les quelque quatorze milliards d'habitants que comptait alors la planète devaient s'entasser dans des espaces plus restreints que jamais. L'air opaque nous collait aux poumons, l'eau courante était à peine consommable. Les diarrhées mortelles étaient revenues sur des continents qui les avaient depuis longtemps oubliées. Partage, collaboration et réalisme auraient dû être nos maitres mots, bien sûr, mais les gens, emportés par la peur, ont préféré blâmer ceux qui fuyaient tant bien que mal de pires fléaux et s'accrocher à leurs maigres idéaux déchus. J'ai vu de vieilles dames se battre pour quelques bouteilles d'eau, des enfants décharnés se faire arrêter et tabasser pour avoir volé de quoi survivre péniblement à la journée, des cadavres humains servir de dîner à des animaux errants. Comment ne pas choisir la tranquillité parfois sinistre dans laquelle nous vivons ? Plus de famine, plus de sans-abris, plus d'épidémies incontrôlées, d'émeutes ravageuses et de conflits assassins dans des ruelles mal éclairées. Bien sûr, j'aurais préféré que les dénonciations, les restrictions, la surveillance et les exécutions prennent fin avec le reste de ces fléaux, mais il y a bien longtemps que j'ai cessé de croire que nous pouvions tout avoir. Le choix était facile ; les gens se fichent bien de la liberté, ce qu'ils veulent, ce sont des certitudes. Je leur ressemble à bien des égards, c'est surement pour cela que j'ai si bien réussi à les convaincre.

J'avais vingt ans, le monde brulait autour de moi, et Lee, à peine plus âgé, s'offrait à éteindre l'incendie. Il était de ces personnes solaires, à la fois rassurantes et redoutables, qui donnent naissance aux véritables chefs charismatiques, en tout cas de la trempe de ceux dont nous avions désespérément besoin. Du chaos, il avait su faire surgir un sentiment d'appartenance qui était tombé dans les oubliettes de l'histoire. Un sentiment d'un genre nouveau. Fini les frontières, les drapeaux, les couleurs, les rites et les mots, l'opinion était dorénavant une religion, et il offrait une thèse entière à un troupeau égaré en mal de sens. Les brebis galeuses avaient disparu, les plus chanceuses préférant l'exil à la soumission. Mais pour aller où ? À la recherche d'un pays légendaire ou simplement d'une terre où l'herbe serait un peu plus verte ?

Les probabilités sont minces. Depuis bien longtemps, quels que soient le pays et les belles idées sur lesquelles il est bâti, je ne vois plus aux commandes qu'une bande d'adolescents capricieux qui se complaisent dans l'autosatisfaction et refusent toute forme de contradiction.

« Monsieur Ernest ? » Une voix suave cachée derrière un immense bureau blanc me sort de ma rêverie. « Monsieur Ernest, le docteur Alset a presque terminé avec son patient. Elle va bientôt vous recevoir. » Je fais un signe de tête à ce drôle de mobilier parlant avant de tenter de retrouver le fil de mes pensées, mais une lumière verte m'oblige à replonger aussitôt dans la réalité. La voix m'indique que je peux entrer.

Le docteur Alset, une petite brune menue à l'air tout aussi aimable que le bureau de la salle d'attente, m'invite à m'asseoir en face d'elle et de l'énorme écran qui lui cache la moitié du visage. « Monsieur Ernest, il semble que la date de votre départ ait dû être avancée au 26 février. » Pas d'excuses pouvant engager la responsabilité du Don, une voix franche et assurée, pas de vocabulaire excessif, elle a visiblement plus d'expérience que le jeune médecin de la dernière fois, se dit-il en attendant qu'elle ait terminé l'argument introductif. « Il était prévu qu'il y ait davantage de morts au cours du long weekend passé, mais la météo a été tellement mauvaise que les gens ont préféré rester chez eux. Le solde excédant explique donc l'avancée de la date de votre départ au 26 février à 17 h 00. » J'aimerais lui dire que le 26 est dans trois jours, et que cela ne me laissera surement pas le temps de dire au revoir à mes proches, que quelques journées en plus ne risquent pas de changer la face du monde, mais toute tentative d'influence serait vaine et ne pourrait m'apporter que des ennuis. Alors, je me contente d'un signe de la tête et de la main. Je sais bien comment fonctionne cet algorithme. Nous avions fait l'erreur de laisser l'humanité déborder de son lit par le passé. Quels que soient nos différends et nos opinions, nous savions pertinemment que nous ne pouvions pas nous permettre de la commettre à nouveau.

La technologie et l'efficacité sont les fondements de sirÉ, et je dois bien avouer que, malgré quelques désagréments, nous avons tenu notre pari sur bien des points. Nous avons réussi, en un rien de temps, à panser durablement les plaies que l'humanité s'était creusées pendant des siècles. Alimentation, logements, pollution, natalité et démographie sont aujourd'hui gérés de manière centralisée et rationnelle par des outils de haute technologie incorruptibles. L'algorithme du Don a été l'un des premiers à être mis en place pour en finir avec la surpopulation et, un demi-siècle plus tard, il reste l'une des valeurs majeures de notre système.

« Vous serez accompagné au niveau 46 à 16 h 30 précises. Ne soyez pas en retard. Les retards ont un effet catastrophique sur l'ensemble de la chaine du Don. » Je consens d'un hochement de tête. « Nous ferons une série d'examens médicaux, puis vous pourrez revêtir la tenue de votre choix. Faites attention tout de même à rester sobre, sinon, nous devrons vous changer après l'opération ; de manière générale les extravagances ne sont pas très bien tolérées pendant les cérémonies d'adieu. » Le docteur Alset s'arrête et me regarde. Je ne sais pas trop quoi dire. C'est déjà la troisième fois que j'entends exactement le même discours. Je crois que j'ai compris le message. Je souris en pensant que ma fille aimerait surement me voir allongé en tenue à fleurs roses lors des funérailles. Le docteur Alset doit interpréter ça comme un assentiment et poursuit, satisfaite, le cours de sa présentation. « À 17 h 00 précises, vous serez endormi. La cérémonie d'adieu aura lieu le 28 février à 10 h 30. Les faireparts ont déjà été transférés à tous les contacts de votre compte Citoyen. Nous avons également activé l'ensemble des avantages auxquels vous avez droit. Tout est clair ? » Je voudrais lui demander des précisions sur la procédure, sur le temps que ça prendra avant que je m'éteigne, si je sentirai quelque chose, mais je sais pertinemment que ses lèvres resteront closes et que mes questions ne pourront m'apporter que des ennuis. Les médecins du Don sont d'un genre particulier, qui tient plus du perroquet que du scientifique d'antan. Je hoche la tête une dernière fois. « Très bien, à jeudi alors », dit-elle avant de se replonger dans son écran.

En sortant, je jette un œil au portrait de Lee et lui rends son sourire entendu. Cinq ans, il s'était donné cinq ans pour rétablir l'ordre, puis rééduquer progressivement la communauté à la liberté. Cinq ans sont devenus dix, et l'une des premières mesures de son second mandat fut de supprimer toute échéance. « J'ai surestimé la capacité des citoyens à gérer leur autonomie, et je m'en excuse. Je ne courrai pas le risque de vous décevoir une fois de plus, avait-il dit avant de s'arroger les pleins pouvoirs pour une durée infinie. Je suis le responsable de vos faux espoirs, mais pas celui de vos échecs. Soyez patients avec vous-mêmes. Nos efforts doivent continuer, se renforcer, pour ne pas sombrer à nouveau dans la terreur, mais, bientôt, nous serons prêts ! » Nous ne serons jamais prêts. Nous avons appris à préférer nos brides au danger de nous voir déchaînés, à nous méfier des autres et de nous-mêmes, bien plus qu'à regretter notre liberté. Finalement, à quoi avait-elle servi jusqu'ici, à part à nous détruire ?

Je profite de mes nouveaux avantages pour me rendre au supermarché. Trois jours avant le départ, tout citoyen a le droit à un certain nombre de privilèges, qui marquent aussi le point de non-retour ; les changements de date sont interdits dans les 72 heures qui précèdent le don. Je passe devant tout le monde. Les clients de la file d'attente fixent leurs chaussures pour éviter de croiser mon regard, celui d'un fantôme. Malgré tous ses efforts, Lee n'a jamais trouvé de solution pour éradiquer les superstitions et autres « âneries », et a même fini par s'en servir pour s'assurer la docilité de ses sujets. L'une d'elles prédit que croiser le regard d'un donateur annonce la mort d'un proche. Je les comprends, nul n'a envie de braquer les yeux sur un condamné. Je dévalise les rayons. Je remplis mon panier de tous mes produits préférés. Viande, fromage, vin, légumes, gâteaux, poisson, j'ai le droit d'emporter tout ce qui peut tenir dans cette corbeille qui reste habituellement si légère. Et je pourrai en faire de même demain. J'en suis presque euphorique et j'en oublie un instant que cette frénésie est aussi le synonyme de ma fin.

En rentrant, à la vue de mon réfrigérateur plein, l'excitation laisse soudain la place au souvenir de toutes ces années de privations. De celles de la guerre, mais également de toutes celles qui ont suivi, toutes ces années, même les meilleures d'entre elles. Je me rappelle ce merveilleux printemps où fleurit l'une des plus abondantes récoltes que nous avions eu l'occasion de toucher du bout des doigts. Il y en a eu beaucoup d'autres depuis, mais je n'avais jamais rien vu de si splendide. Les couleurs et les odeurs qui se répandaient partout m'ont fait imaginer un futur qui ne s'est jamais réalisé, fait de rires, de soleil, de chants et de danses. Une image de bonheur qui n'a duré que quelques instants. En cherchant un coin tranquille, je suis tombé sur Lee et quelques-uns de ses plus proches acolytes. Ils détruisaient des fruits, des légumes, tuaient des volailles et les enterraient dans de petites tombes. Il y avait de ces minuscules promontoires à perte de vue. Lee a planté ses yeux dans mon regard humide, desserré mes points, avant de m'expliquer au creux de l'oreille qu'il fallait bien mener les gens au désespoir pour leur faire accepter les mesures draconiennes qui parviendraient à les sortir définitivement de leur misère, de leur violence, de leur égoïsme. Mais à en croire la fête qui battait son plein à quelques mètres de là, il ne serait pas de ceux qui auraient à souffrir de la faim. Il avait simplement la volonté nécessaire pour poser les questions, apporter les réponses et trouver les moyens d'en faire payer le prix au reste de l'humanité. Tout avait changé. Rien n'avait changé. J'aurais peut-être dû courir, crier, avertir tous ceux que je pouvais, mais je l'ai aidé à recouvrir ses petits trous. Encore aujourd'hui, devant mon réfrigérateur plein, je me demande si ça a été la plus grande réussite ou la plus grosse erreur de toute mon existence. Lee était sans aucun doute notre sauveur, mais depuis ce printemps, je n'ai plus jamais été tout à fait certain que nous avions tant besoin d'être sauvés. Je me suis peu à peu éloigné, jusqu'à perdre tout contact avec ceux qui avaient un jour été mes amis et qui étaient désormais mes dirigeants.

Je m'attendais à ne plus très bien dormir à l'approche du départ, mais je suis tombé comme une souche hier soir. Je me réveille de bon matin, toujours les yeux effacés dans mes pensées ressassées. Une fois mon rituel terminé, je vérifie que le visa J3 est encore activé sur mon passeport numérique et je me rends au centre commercial dans une voiture de luxe commandée pour l'occasion. Le chauffeur est froid et peu bavard, lui aussi fuit mon regard. Je rentrerai avec les transports en commun, je me sentirai un peu moins mort. Je me dirige vers une boutique devant laquelle j'ai toujours l'habitude de passer, sans jamais en franchir la porte. À quoi bon ? Je n'ai pas les moyens de m'offrir ne serait-ce qu'une paire de chaussettes ici. Dubitatif, le vendeur me regarde pénétrer dans le magasin, puis ses yeux s'illuminent en voyant mon visa J3. Il se reprend. L'État paiera la facture, quoi qu'il en coute, mais il serait indécent de montrer trop de joie face à un fantôme. Je choisis un magnifique costume bleu en coton égyptien, une chemise blanche et une cravate assortie, qui me donnent l'air d'un de ces pilotes à l'ancienne. J'achète également une belle ceinture en cuir et des sous-vêtements neufs.

Une fois paré pour le départ, je fais un détour par le cinéma pour passer le temps et décider des films que j'irai voir ces trois prochains jours. Habituellement, je peux à peine m'offrir une deuxième séance mensuelle en plus du ticket remis gracieusement à tous les citoyens. Comme d'habitude, il y a beaucoup de comédies à l'affiche, ce qui sied plutôt bien à ma situation austère. Je repère au moins trois titres qui pourraient parvenir à me changer les idées pendant quelques heures et réserve une place pour la projection de ce soir. En rentrant, je téléphone à mon restaurant préféré et demande au réceptionniste de me garder une table pour deux pour le diner de mercredi. Je serai certainement seul, mais j'espère encore qu'Agatha ou Simon pourra se libérer. Je pensais que ma vie serait plus chamboulée si près du départ, mais le quotidien reprend finalement vite ses droits. En attendant que mes vêtements retaillés à la hâte soient livrés, je me prépare un déjeuner pantagruélique et m'effondre sur le canapé.

Le film n'était pas si mal. Rien d'original, mais ce n'est pas vraiment ce qu'on demande à un divertissement, et cela fait bien longtemps que le cinéma, la littérature, la musique ou la peinture ne sont plus que cela, des distractions. D'aussi loin que je me souvienne, Lee avait toujours détesté « cet art élitiste et prétentieux qui te pourrit le cerveau », mais il n'avait jamais rien manigancé pour l'empêcher d'exister, du moins autant que je sache. Les gens s'en étaient tout simplement éloignés d'eux-mêmes, boudant les « navets soporifiques » et se ruant sur les « génies du divertissement ». J'avais eu du mal à m'y faire au début, mais je dois avouer que les artistes redoublent d'efforts pour produire des merveilles remâchées qui ont le don de me faire sourire et oublier mon quotidien. Cela fait des années que je ne manque aucune de mes séances mensuelles offertes.

Mercredi matin, je reçois un message d'Agatha me confirmant qu'elle n'a pas pu se libérer pour le diner, mais qu'elle a obtenu l'autorisation de prolonger sa pause de jeudi pour participer à un visiodéjeuner. C'est mieux que rien. Avec Simon, nous serons trois pour mon ultime repas. J'aurais préféré les serrer dans mes bras une dernière fois, surtout ma fille, mais c'est peut-être mieux comme ça. Le weekend passé, même en croyant qu'il y en aurait d'autres, je n'avais pas pu retenir mes larmes, et je déteste voir Agatha pleurer.

Des types aussi austères que le chauffeur de la berline me livrent mon costume, je suis donc libre d'aller manger des popcorns devant un autre film. Il est beaucoup moins bon que celui d'hier. Je me console en pensant au merveilleux diner qui m'attend. Je rentre me reposer un peu et me changer. Je porte la tenue qui m'accompagnera dans mon dernier voyage. Après tout, pourquoi n'aurais-je pas le droit d'en profiter moi aussi ? Je devrai juste faire attention à ne pas me salir, mais La Toison d'Or n'est pas vraiment le genre d'endroits où les gens se salissent de toute façon. Je me résigne à appeler un nouveau chauffeur, qui me dépose devant la porte. Je lui demande de m'attendre sur le parking. Je ne saurais dire si cette idée l'enchante ou le dégoute tant son regard est inexpressif. Je suis escorté à ma table par un jeune homme souriant d'une beauté pure et discrète. Je contemple les dorures et les œuvres d'art à l'ancienne qui surchargent les murs. La Toison d'Or est un restaurant d'exception qui a conservé le charme et le mystère d'antan. Quel dommage que si peu de citoyens aient la chance de pouvoir passer ses portes ! Je commande un assortiment de hors-d'œuvre accompagné d'une bouteille de vin spécialement conseillée par le sommelier, un canard aux baies rouges et une farandole de desserts pour terminer. Je ne mange jamais autant, mais je veux au moins avoir la chance de pouvoir gouter une pincée de toutes les petites merveilles qui peuvent encore se présenter.

En avalant la dernière bouchée, j'ai l'impression que je vais exploser et mourir sur place, heureux. Je fais passer le temps et le repas de quelques digestifs avant de rejoindre la berline qui m'attend devant la porte. Le beau jeune homme est toujours là. Je le regarde longuement en feignant de ne pas réussir à monter dans la voiture. « Trop de digestifs ! » Il vient à mon secours. Ses doigts fins qui me soutiennent et son parfum m'accompagneront jusque dans mes rêves, les derniers. Ça peut avoir l'air bête, mais c'est l'une des choses qui me manquera le plus.

Jeudi. Je me réveille un peu plus tard que d'habitude, profitant de ce bonheur matinal que je ne connaitrai plus. Après mon rituel quotidien, je vérifie une bonne dizaine de fois que la connexion, le micro et les hautparleurs fonctionnent correctement. J'attends l'heure du déjeuner, les yeux dans le vague. J'aurais pu retourner au cinéma, mais à quoi bon ?

Midi. Agatha est pile à l'heure. Je vois qu'elle a pleuré, mais elle fait tellement d'efforts pour le cacher que je me bats avec moi-même pour lui renvoyer mon plus beau sourire. Nous échangeons des banalités, les mots n'ont plus d'importance. Simon nous rejoint. Son caractère enjoué met un peu d'entrain dans notre conversation. Il nous parle de sa fille, de son travail, de son dernier tournoi de golf, qu'il a bien failli gagner cette fois, comme d'habitude. Je ris. Ça faisait longtemps que je n'avais pas ri. J'en pleure presque, mais je me retiens. Une heure, ça passe à toute vitesse parfois. Simon retourne à ses affaires, et je reste encore quelques minutes à regarder pour la dernière fois Agatha qui fait semblant de sourire. Je sens que le masque est tout près de craquer. J'invente une excuse, des livreurs à la porte, et je ferme à la hâte cette fenêtre sur une vie qui n'a jamais existé. Je murmure un « je t'aime », mais elle a déjà raccroché.

Je profite des quelques rayons de soleil qui percent les nuages pour aller faire une promenade dans la neige. Si le départ avait eu lieu l'été, j'aurais pu aller une dernière fois à la plage. Dommage ! À 15 h 30, je rentre chez moi, replie soigneusement mon costume neuf, et m'installe sur le canapé, une tasse de café à la main, comme d'habitude. Je déguste le gâteau au chocolat que le gérant de La Toison d'Or m'a si gentiment emballé dans une petite boite en carton avant que je ne quitte le restaurant. Il est l'heure de partir pour le Don.

Curieusement, aujourd'hui, je n'arrive pas en avance. Je me présente à l'accueil à 16 h 30 précises. Comme me l'avait expliqué le docteur Alset, je suis immédiatement escorté au 46e étage. Je n'étais jamais monté plus haut que le dixième. Une charmante réceptionniste scanne mon visa et m'accompagne dans une salle blanche identique à toutes les autres. Je suis un peu déçu, je pourrais tout aussi bien être au dixième étage. Je m'attendais à quelque chose de spécial. Un infirmier prend mon pouls, mon sang, écoute mon cœur battre, puis m'indique la pièce où je pourrai me changer. Il est 16 h 50. Je mets mon beau costume, je patiente. Le temps ne passe plus, encore moins qu'avant, lorsque je regardais dans le vague en buvant mon café. Puis une lumière verte s'allume et une nouvelle porte s'ouvre sur une immense salle au milieu de laquelle trône un lit d'hôpital.

Je suis subjugué par la large baie vitrée qui forme un arc de cercle dans le fond de la pièce. Je n'ai jamais rien vu de si haut, de si beau. De là, j'aperçois toute la ville recouverte par la neige. Le docteur Alset me demande de m'installer sur le lit. Je m'exécute. Elle me permet de continuer à admirer la vue. Plus rien ne compte. Un oiseau passe derrière les fenêtres. Une larme coule sur ma joue. Les employés ne semblent pas le remarquer, trop occupés qu'ils sont à régler tous les appareils qui entourent discrètement mon cercueil. Un oiseau voltige, et je réalise bien tard que j'aurais pu donner bien des années de cette demi-vie pour avoir la chance de m'extasier devant plus de ces merveilles, de contempler d'autres paysages que ceux qui m'étaient autorisés, de manger d'autres gâteaux, de boire d'autres vins, de serrer Agatha plus souvent dans mes bras. J'ai la bouche sèche, je manque d'air, je me sens pris en otage par la folie du monde que j'ai contribué à créer. J'ai envie de me lever, de crier, de me jeter du haut de ce grand rectangle blanc. Cela ne changerait rien, et pourtant, il me semble que cela changerait tout. Mais je ferme les yeux, je m'endors, j'ai toujours aimé dormir, je m'en vais, le sourire aux lèvres, avec la sensation amère d'avoir été l'architecte de mon inexistence.

Calypso

« Bienvenue à Calypso, un monde de beauté, de paix et d'harmonie, où chacun est maitre de son destin. Au milieu du chaos, nous avons su inventer une solution pacifique et naturelle à une question avec laquelle se débattent encore tous les citoyens et les gouvernements de la planète. » Sur l'écran Aïda-Ann observe des images qu'elle imagine être une reconstitution de ce que son peuple appelle Le Grand Effondrement de l'Ordre Naturel. Feu, cris, famine, cadavres, tout contraste avec cette salle baignée d'une lumière bleutée, apaisante, et la voix sereine de la commentatrice. Les nouveaux arrivants se tiennent droits, presque en apnée devant la vidéo de présentation de leur terre d'accueil. Pour eux aussi, tout cela doit sembler irréel. « Calypso est le seul pays de la planète à accueillir des réfugiés méritants, prêts à tout abandonner pour une vie meilleure. » L'écran en deux dimensions laisse place à des images holographiques qui emplissent la pièce de doux chants d'oiseaux, de fleurs embaumantes, de cascades rafraichissantes dans lesquelles flânent des individus resplendissants au sourire figé. Aïda-Ann n'a jamais vu tant de corps, de cheveux, de dents. Cette diversité lui fait tourner la tête.

« Tout ce que vous avez entendu est vrai : les lois de Calypso vous permettent de combler vos moindres désirs à la mesure de vos efforts pour cultiver les valeurs de notre magnifique pays. Afin de vous aider à suivre votre progression, à la fin de la session d'intégration, chacun de vous recevra un dispositif d'échange universel, plus communément appelé BeautyCom. » Un gigantesque appareil ressemblant plus ou moins à un écran de contrôle surgit au milieu des participants. Les bousculades et les rires troublent un instant le calme de l'assistance, mais chacun reprend vite une place à distance raisonnable de ses voisins. « Vos parrains vous exposeront plus en détail leur fonctionnement. Néanmoins, sachez que leur objectif n'est nullement de vous contraindre, mais de vous aider à atteindre votre plus haut potentiel. Si vous le souhaitez et le méritez, ils vous ouvriront les portes des cliniques, des spas et des aires de divertissement qui donnent tant de charme à nos centres urbains. » Le public ébahi évolue maintenant dans des rues tranquillement animées, où piétons, cyclistes et patineurs semblent rois. « Mais assez de suspens ! Il est temps pour vous de rencontrer vos parrains et de découvrir ce que cette nouvelle vie peut vous offrir. »

Les animations s'évanouissent, et les réfugiés, le regard orphelin, s'apprivoisent avec méfiance. Aïda-Ann est ce que l'on appelle une « beauté naturelle » et, à cet instant, elle croit enfin comprendre ce que cela signifie. Les lèvres gonflées et les galbes démesurés qu'elle observe ici et là lui font penser aux illustrations sataniques de ses livres d'enfance. Elle retient un rire narquois qui pourrait lui attirer des ennuis. Après tout, sa connaissance du corps humain se limite aux membres de sa famille, à quelques relations de voisinage et aux dessins éducatifs. Au fond de la salle, des portes invisibles s'ouvrent sur un luxuriant jardin inondé d'une lueur surnaturelle. Deux personnes s'approchent d'elle, un bouquet de fleurs de frangipanier merveilleusement parfumées à la main. Glenn et Clémentine sont grands, beaux, leur sourire avenant met tout de suite à l'aise Aïda-Ann, qui doit courber la nuque pour soutenir leur regard. Elle est petite, mais son galbe parfait et sa peau naturellement dorée suscitent aussitôt l'admiration de l'assistance.

En chemin vers la maison qui lui est gracieusement fournie par les autorités calypsiennes, ses deux parrains lui expliquent les rudiments de son nouvel environnement. Le BeautyCom lui permettra de se tenir à jour des meilleurs standards de perfection du moment et de suivre ses efforts pour les atteindre. Grâce aux crédits accumulés et à leurs économies, Glenn et Clémentine ont récemment quitté leur logement subventionné pour acheter la demeure de leurs rêves. Les nouveaux arrivants, qui connaissent mal les valeurs et le fonctionnement de Calypso, ne sont pas autorisés à évaluer leurs concitoyens, mais d'ici un an, Aïda-Ann pourra elle aussi participer à la construction constante du système d'attribution des crédits, qui soutient l'ensemble de la structure économique et de la communauté de Calypso.

Aux oreilles de la jeune femme, ses parrains sonnent un peu comme ces vieilles réclames radio qu'elle aimait tant imiter à Hestia. Elle les trouve un brin ridicules dans leur étalage de perfection, mais elle devra certainement s'y faire. Au pays des apparences, il serait étonnant de voir émerger sans effort une quelconque spontanéité. Ce triste constat lui arrache un sourire ironique. Elle vient de fuir une terre où l'on ne peut rien montrer pour se réfugier quelque part où l'on dévoile tout, et elle réalise soudain que peu importe dans quelle direction elle se tourne, ce tout et ce rien n'ont pour seul but que de voiler une vérité redoutée déjà connue de chacun.

Tout au long du chemin, Aïda-Ann ne traverse que de petites allées bordées de maisons entourées de verdure et de parterres de fleurs. Avec ses volets bleus et son toit en triangle, la sienne ne fait pas exception. Cette uniformité pastel est assez déroutante, mais à Calypso, les tenues vestimentaires, le domicile, le jardin et l'ensemble des possessions matérielles d'un individu reflètent sa préoccupation pour le bien-être de la communauté. Même le comportement des enfants, pour les rares citoyens qui choisissent d'en avoir, influe sur le crédit de leurs parents, précise Clémentine avec une moue de dégout. « Car nous avons su imaginer une solution pacifique et consensuelle face à l'une des plus grandes difficultés des sociétés contemporaines : la démographie. C'est pour parvenir à cet équilibre parfait que nos ancêtres ont fait de la beauté la valeur fondamentale de notre communauté, un véritable ciment qui permet à chacun d'atteindre sa propre version du bonheur, dans le respect et l'intérêt de tous. » Clémentine déclame son argumentaire en montrant fièrement de ses longs bras gracieux le paysage de poupée qui les entoure. Aïda-Ann a soudain l'impression que la voix de la vidéo de présentation a été enregistrée par sa marraine. La sonorité n'est certes pas tout à fait la même, mais elle jurerait que la musicalité est absolument identique. Un vrai message promotionnel ! « Les rides, les cernes, les vergetures, le surpoids, la gravité sont de tels signes de laisser-aller dans notre culture, des atteintes à l'harmonie que nous nous efforçons tous de maintenir, que seuls quelques déréglés hormonaux persistent encore dans cette voie, bien souvent au détriment de leur vie sociale et de tout espoir d'ascension. » Clémentine marque une pause, l'air dramatique, une main lourde de sens posée sur l'épaule de sa nouvelle protégée. Elle retrouve toutefois le sourire pour le dernier acte de son exposé. « Grâce à ce système idéal, nous pouvons être fiers d'être l'unique pays à proposer un programme d'immigration aux citoyens les plus méritants de toutes les régions du monde. » Il est visiblement temps de visiter la maison aux volets bleus.

Aïda-Ann est ravie de découvrir un espace aux couleurs douces, doté de toutes les commodités qu'elle pouvait espérer d'un de ces pays prospères dont elle rêvait tant. Le petit salon, orné de rideaux, de nappes et autres tissus décoratifs, s'ouvre sur une cuisine entièrement équipée. Sous l'escalier, une minuscule porte mène à une buanderie plus vaste que la pièce qu'elle devait partager avec ses deux sœurs à Hestia. À l'étage, une chambre aux tiroirs remplis de vêtements miniatures et une salle de bain. Tout ça, rien que pour elle ! Dans le jardin, à côté du réduit à outils, elle s'étonne de la présence d'une « modeste salle de sport » personnelle, presque entièrement entourée de vitres. Comme le lui précise Glenn, « chaque quartier est pourvu d'une large gamme d'équipements sportifs communs, mais les citoyens et citoyennes de Calypso apprécient par ailleurs de pouvoir parfaire leur entrainement dans le confort et la discrétion de leur intérieur. » « Surtout pour les zones particulièrement disgracieuses », ajoute-t-il avec un rire malicieux. D'après ce qu'elle voit, Glenn et Clémentine ne doivent pas avoir grand besoin de leurs équipements personnels.

À la fin de la visite, Aïda-Ann aperçoit le fameux Beauty-Com posé sur la table basse du salon. Elle s'installe face à ses parrains, qui lui expliquent en détail le fonctionnement de l'appareil. Elle ne retient pas toutes les subtilités, mais les principes et les manipulations de base lui paraissent assez simples, malgré la nette avance technologique de Calypso sur sa terre natale. Comme pour le reste, ses nouveaux compatriotes semblent avoir tout misé sur les apparences. Entre deux animations des plus réalistes, les fonctionnalités peuvent bien se contenter d'un traitement plus rudimentaire.

Chaque premier lundi du mois, les corps des citoyens sont scannés à l'aide de capteurs installés dans toutes les salles de bain du pays. Ils sont ensuite numérisés et fidèlement reconstitués dans le BeautyCom. Aïda-Ann voit apparaitre une miniature d'une ressemblance criante, qui la représente en train de tournoyer au-dessus de son appareil. Un bouton lui permet de visualiser le reflet de toutes les personnes situées à proximité. Pour le moment, elle ne peut pas les noter, mais d'ici un an, son dispositif devrait être tout à fait opérationnel. En attendant, les autres l'évalueront quotidiennement de manière anonyme. « Tout le monde doit effectuer vingt-cinq analyses par semaine, et tu seras jugée selon différents critères : ta silhouette, tes cheveux, ton visage, ton style. Les catégories changent souvent, mais ces quatre-là sont presque toujours requises. » L'algorithme compile ensuite l'ensemble des commentaires pour créer une représentation des « citoyens idéaux ». Pas moyen de se cacher, donc. Elle n'est peut-être pas censée en avoir besoin ici, mais cette idée la met tout de même mal à l'aise. En appuyant sur le bouton « Calypso », Aïda-Ann constate que la citoyenne parfaite lui ressemble un peu, une coïncidence qui explique certainement les regards insistants des passants et qui balaie soudain son exaspération d'une bourrasque de vanité. Une autre section lui permet de suivre sa situation et ses progrès. « Plus tu t'approches de l'idéal du moment, plus tu gagnes de crédits à dépenser comme tu le souhaites, mais tu as bien sûr aussi la possibilité d'occuper un emploi ou de te distinguer dans des projets d'utilité publique. »

Chaque nouvel arrivant reçoit un petit pécule pour se lancer, et les citoyens qui le désirent peuvent avoir accès à tous les biens de première nécessité contre des heures de travail communautaire. Aïda-Ann a été assignée à la nurserie, en partie parce qu'elle avait des frères et sœurs plus jeunes, en partie parce qu'elle vient d'Hestia. Glenn et Clémentine n'en sont pas fiers, mais la première affectation est souvent déterminée par la terre d'origine. Pas question pour les autorités de prendre le risque de confier de but en blanc l'éducation des enfants à des déplacés d'Era, la production alimentaire à des vétarois ou les systèmes informatiques à des déméosiens ! « Heureusement, tout ça est vite oublié grâce à notre algorithme parfaitement juste et équitable », se soulage Glenn d'une voix tout aussi publicitaire que sa compagne. Clémentine retrouve son sourire figé. Après lui avoir expliqué les fonctionnalités de communication, ses parrains prennent congé de leur protégée, en lui assurant qu'ils seraient de retour le lendemain pour l'aider à se familiariser avec le quartier et ses nouveaux voisins. Pour la première fois de sa vie, Aïda-Ann est seule chez elle, mais malgré le silence, les coussins, le frigo rempli qui ronronne et la douche chaude à l'étage, quelque chose la met mal à l'aise. C'est bête au beau milieu de toute cette sérénité, mais l'idée qu'elle ne pourra plus jamais se cacher du regard des autres lui donne des sueurs froides.

Aïda-Ann noue vite des relations dans le voisinage et voit de moins en moins ses parrains, mais en ce premier jour de travail, ils sont aux premières loges pour constater les progrès de leur protégée. Le bâtiment n'est ni laid ni petit, mais sa totale absence de charme, son toit plat et sa localisation, aux confins du quartier, laissent peu de doute sur la place des pensionnaires de la nurserie et de leurs parents dans la hiérarchie nationale. Autour, des espaces de jeu et d'apprentissage de la motricité, une piscine et divers terrains soulignent l'importance d'inculquer la valeur du corps dès le plus jeune âge, « surtout pour des enfants qui ne peuvent pas toujours compter sur de bons modèles à la maison ». Les parents commencent à déposer leurs progénitures avant de prendre leurs fonctions. Rares sont ceux qui peuvent se permettre l'oisiveté ou même le loisir de choisir leur affectation. Glenn et Clémentine dégainent leur BeautyCom, certainement pour évaluer le laisser-aller ambiant. Cernes, surpoids, rides, cheveux blancs et plis négligés, rien n'échappe à l'œil dégouté de ce couple apparemment sans défaut. « Les employés n'ont pas le droit de jauger leurs utilisateurs ou leur hiérarchie », précise Glenn comme pour justifier qu'ils soient les seuls à pianoter sur leur appareil. Les autres semblent blasés. « Si tu ne sais pas qui ou comment noter au début, tu pourras toujours faire la sortie d'une nurserie des environs. C'est encore plus facile en fin de journée. » Ce n'est pas la première fois qu'Aïda-Ann constate un tel cynisme, elle ne parvient pourtant pas à s'y faire. Avec elle, tout le monde est si bienveillant. Par devant, se dit-elle, mais qu'en est-il lorsqu'elle a le dos tourné ? Elle a vite compris que les animosités personnelles ne s'exprimaient que par des remarques dans une application anonyme à laquelle elle n'avait qu'un accès limité. Alors elle sourit, même si Glenn et Clémentine commencent sérieusement à lui taper sur les nerfs.

Ils l'accompagnent toute la matinée. Visite des locaux, tâches, fonctionnement administratif, règles éducatives, les informations sont nombreuses, mais elle ne sera pas abandonnée à son sort dès le premier jour. « Tout le système de Calypso est fondé sur la solidarité et l'entraide, tu auras donc un binôme jusqu'à ce que tu sois prête à voler de tes propres ailes, comme tu as pu profiter de l'expérience de tes parrains depuis ton arrivée », lui explique Irène, la responsable de la nurserie, à peine plus âgée qu'elle. Dans son pays, on aurait appelé ça de la surveillance, mais dans son pays, elle n'aurait jamais pris fin. Alors elle acquiesce avec enthousiasme, remercie le « formidable soutien » dont elle a bénéficié jusqu'ici et redouble d'attention.

Comme elle vient d'être intégrée, sa tâche consistera essentiellement à s'assurer du bien-être des plus jeunes. Elle a bien compris que, dans tous les domaines, elle devrait faire ses preuves avant qu'on ne lui confie la moindre responsabilité, et qu'ici les bébés n'étaient rien de plus que des embryons tombés de leur arbre. Avant de commencer leur éducation, il fallait les nourrir et les changer, et ce serait là une des principales activités d'Aïda-Ann pour l'année à venir. « Sauf en cas de gros pépin, les affectations sont réévaluées chaque année sur demande. La Hiérarchie peut aussi suggérer des améliorations, ce qui arrive plus souvent que ce qu'ils veulent bien avouer. » Après le déjeuner, Glenn, Clémentine et Irène retournent à leurs occupations après l'avoir livrée à son binôme, Ramey, un jeune homme loquace et souriant, dont le franc-parler et les traits androgynes, peu communs à Hestia, l'ont tout de suite charmée. Aïda-Ann est à l'aise avec les enfants. Ils ont donc tout loisir de faire connaissance pour égayer les longs gestes répétitifs du quotidien.

Au bout de quelques mois, Aïda-Ann maitrise parfaitement son rôle. Son travail ne la passionne pas et la solitude se fait sentir depuis qu'Irène a jugé qu'elle pouvait se débrouiller seule. Elle jalouse un peu son remplaçant auprès de Ramey, même s'ils discutent presque chaque jour. En fin de compte, sa mission n'était peut-être pas de la surveiller, mais tout simplement d'illuminer cet ennui peuplé de cris et de déjections. La nostalgie la prend, parfois, et elle regarde soudain le monde qui l'entoure d'un autre œil, souvent. Elle ne retournerait à Hestia pour rien au monde, mais cette terre d'idéal factice est bien loin de l'image qu'elle s'en faisait. Chaque matin, elle voit arriver des parents écrasés sous le poids de leur liberté. Chaque soir, elle se demande pourquoi ils se sont infligé ce fléau. Alors, autant par lassitude que par curiosité, elle se rapproche de ceux qu'elle devrait fuir. Les Hestiens savent mieux que quiconque apprivoiser les méfiances et, avec le temps, les barrières commencent à se fendre.

Son premier confident est né à Calypso, à une époque dorée où l'on pensait encore que des géniteurs à haut potentiel ne pouvaient engendrer que des progénitures approchant la perfection, et où les familles pouvaient vivre sereinement au beau milieu de la communauté. « Le pays a beaucoup changé depuis ». Avec son tandem, ils ont immédiatement su qu'ensemble ils étaient faits pour avoir des enfants. Palash n'a jamais été à la hauteur des standards de Calypso de toute façon. Il aurait pu se serrer la ceinture pour s'offrir quelques opérations esthétiques, mais à quoi bon ? « Et la mère du petit a une situation enviable dans la Hiérarchie. Oh, pas au niveau des chirurgiens et des coachs les plus célèbres, qui peuvent s'enfermer dans des quartiers à l'abri des BeautyCom et équipés de leur propre nurserie. Mais avec ses compétences techniques, on est tout de même protégés. Un peu isolés, mais à l'abri quand même. Rien à voir avec ce qu'il se passe à Hestia. Pardon, je ne devrais pas en parler. Mais ça doit être horrible, non ? » Aïda-Ann acquiesce. Avec sa sympathie assommante de rengaine de Noël, Palash finit par l'agacer. Qu'il cherche à s'assurer qu'il n'est pas le plus mal loti sur Terre sans elle ! Elle lui conseillerait bien de changer de trajet, de regarder un peu autour de lui, mais à quoi bon ? Les règles de Calypso parviennent déjà à décourager les curieux de soulever leurs œillères, alors Palash !

Elle préfère de loin la compagnie d'Olympe, une jeune femme volubile et tyrannique qui semble connaitre les moindres rouages du pays. Avec elle, Aïda-Ann apprend avant l'heure « les secrets d'initiés » qui permettent de manipuler le système. Il lui reste encore quelques mois avant de pouvoir évaluer ses concitoyens, mais elle est dès à présent invitée à une « session de rééquilibrage » en compagnie d'autres beautés dans son genre. « Les petites brunes aux formes généreuses ont la côte, mais ça n'a pas toujours été le cas. Tu peux nous remercier ! C'est un peu grâce à nous que tu as pu atterrir ici. Je plaisante. » Elle ne plaisante pas. Olympe est née avec une cuillère en or dans la bouche et elle est persuadée que son séjour temporaire au milieu du commun des mortels fait d'elle une sainte. « Tu aurais dû voir ça, il y a quelques années, le règne des maigrichonnes blondes aux grosses lèvres. Une horreur ! Heureusement, j'ai eu l'idée de fonder un petit groupe d'influence, et voilà ! Maintenant, on est partout et les nouveaux standards sont bien plus accessibles. Franchement, tu avoueras que c'est mieux comme ça ! Bien sûr, des groupes, il y en a pour tous les gouts, mais si on continue sur notre lancée, on pourra changer les choses en profondeur et redonner le sourire à ces pauvres gens. » Aïda-Ann cherche la pointe de sarcasme dans le regard de son « amie » alors qu'elle distribue ses miracles imaginaires aux parents épuisés qui l'entourent. Rien.

Native de Calypso, Olympe vient d'une famille très haut placée dans la Hiérarchie. Rien ne l'oblige à fréquenter une nurserie publique, mais elle aime « vivre comme tout le monde ». Aïda-Ann la soupçonne de n'avoir fait un enfant que pour irriter ses proches et se donner de faux airs révolutionnaires, jusqu'à ce qu'elle soit prête à passer à autre chose, aux dépens de sa fille, qui gazouille dans les bras patients d'une nourrice exténuée.

Aïda-Ann ne sait pas ce qu'elle cherche en s'intéressant à ces destins contrariés, mais ce n'est certainement ni la tristesse résignée mêlée de contestation passive de Palash ni la révolte dorée d'Olympe. Une chose est sûre, la sérénité servile noyée de sourires, de sport et de séances au spa de cette dernière année a eu raison de son exaltation. Ses parrains ont beau farouchement s'y opposer — après tout, les actes de leur protégée déteignent aussi sur eux — dès son premier anniversaire, elle demande sa mutation dans une nurserie de la périphérie « affreusement mal fréquentée ». Son entourage admire tout autant sa générosité qu'il méprise son entêtement. Elle ne sait pas où elle met les pieds, elle va vite regretter son choix, il n'est pas trop tard pour faire marche arrière, personne ne peut aider ces gens-là. Et puis il est trop tard, et la voilà devant les nouvelles grilles de son monde de liberté.

L'ambiance est effectivement moins joviale que dans sa précédente affectation. Les parents méfiants et fuyants la replongent, pour quelque temps, au plus profond de sa solitude, mais l'honnêteté de leur désespoir a quelque chose de réconfortant. Il semblerait presque que le malheur lui a manqué. Couches, pleurs, cris, biberons, en définitive, à part le trajet vers une zone de la ville clairement délaissée et mal entretenue, son quotidien ne change guère. Et même si la frivolité de Ramey fait défaut, ses nouveaux collègues, moins à cheval sur le règlement et les manières pompeuses de Calypso, l'aident à mettre de côté la lourde réserve qu'elle a adoptée depuis son arrivée. Ici, où tout le monde en manque, on ne parle pas de crédits ni de bonus spécial pour un traitement facial. Là, où tout le monde en a, les foules sont moins obsédées de vergetures, de cheveux blancs, de bourrelets et de rides. On discute des restaurants qu'on aimerait pouvoir s'offrir, des films qui viennent de sortir et des objets qui s'échangent au gré des caprices du temps et du BeautyCom. Un autre genre de superficialité, en somme, mais à laquelle elle a le droit de participer sans devoir afficher sa bonne foi d'un coup de bistouri ou en exhibant crânement une évaluation digne d'un citoyen « de haute qualité ».

Elle retrouve lentement la confiance qu'elle pensait avoir perdue en chemin. Avec le temps et un peu de chance, elle finira bien par pétrir sa place dans ce monde sirupeux. La patience n'a jamais été son fort, mais l'échec non plus, et les choses ne peuvent pas être pires ici qu'à Hestia. Même si l'ennui s'y fait plus pesant. Même s'il y est plus difficile de se cacher. Mais elle apprendra. Elle apprendra à s'éclipser en pleine lumière. Elle apprendra que les règles inviolables de Calypso ne sont ni plus parfaites ni plus immuables que sous d'autres cieux. Que l'être humain n'a pas été plus conçu pour se soumettre durablement à la peur qu'à la béatitude factice lorsqu'il est persuadé que son intérêt est ailleurs.

Cette chance, ce sera peut-être une vieille dame qui aura depuis longtemps cessé de compter ses rides. Une « retraitée » comme on en aperçoit peu à Calypso, qui se sera aventurée hors des murs d'un quartier protégé dont elle ne sort presque jamais pour aider sa fille malade et passer un peu de temps avec son petit-fils qui la regardera « déjà de travers ». Elle lui parlera de ce que personne ne veut voir. De ces « vieux invisibles » entourés de barricades, qui les abritent tout autant des velléités extérieures qu'elles préservent autrui de leur déchéance.

Elle lui racontera son enfance dorée, sa jeunesse au milieu du chaos, « l'accident » qu'elle a caché trop longtemps à des parents « d'une autre époque et d'une autre culture ». Elle était belle, très belle, lorsque les nouveaux territoires avaient été constitués ; à qui aurait-elle pu s'allier ? Elle ne croyait en rien, rien de plus que le commun des mortels. Les autres prédicateurs ne lui offraient tout simplement pas les mêmes chances. C'est donc à Calypso que sa famille s'est installée. Sa fille est arrivée plus tard. Alors, pendant de nombreuses années, elle a officiellement été « sa sœur », pour que rien ne vienne entacher cette « aura hors du commun » qui lui permettait d'accumuler les crédits et de dicter les règles de la communauté. Grâce à elle, ses proches ont pu vivre dans le luxe jusqu'à ce que sa progéniture commette la même erreur qu'elle, sans « l'excuse de l'époque » !

Aïda-Ann pourra sans doute sentir toute sa nostalgie, sa déception. Si son « idiote de fille » avait été moins « égoïste », sa mère aurait certainement fini par faire partie de cette élite intouchable qui tire les ficelles du BeautyCom et jouit de son prestige jusqu'à la dernière goutte. Au lieu de se cacher, elle aurait pu rejoindre les rangs de ceux qui inventent des règles auxquelles ils n'auront jamais à se plier. Les gens auront beau dire que ce sont des légendes, qu'aucun système n'a jamais été plus juste qu'à Calypso, elle le criera haut et fort, elle qui a été si proche, que ces demi-dieux sont bien réels.

Aïda-Ann sentira aussi sa colère et sa frustration. Elle ne vivra pourtant pas dans le besoin cette vieille femme aigrie à la peau fripée, mais dans un luxueux « quartier de repos » doté de tous les équipements dont Aïda-Ann aurait pu rêver à Hestia, si elle avait seulement eu vent de leur existence. Mais, ce quartier, il ne brillera pas. Et à Calypso, ce qui n'a pas d'éclat n'existe pas. Les habitants ont peu à peu dressé une frontière catégorique entre un bonheur uniforme et toutes les nuances de misère qu'il exclut. Un bonheur d'un autre âge qu'Aïda-Ann aura contemplé depuis bien trop longtemps pour ne pas refuser de fermer sereinement les yeux.

Cette chance pourra même être une jeune mère craintive qui se terre dans une détresse qu'elle a patiemment érigée en forteresse, sans même s'en rendre compte, au fil des ans, peut-être plus par ennui que par nécessité. Jolie pourtant ! Tant aux yeux d'Aïda-Ann que selon les critères implacables du BeautyCom. Mais au succès coupable, elle aura préféré le sacrifice victimaire, moins solitaire. Elle portera la justice comme une croix, la douleur comme un totem, tentant de rallier à sa cause la moindre souffrance susceptible de l'aider à soutenir le fléau qu'elle se sera infligé. Un vampire d'une autre sorte. Qui mieux qu'Aïda-Ann pourrait prêter une oreille attentive à ses cris stériles dénonçant, à qui voudra bien l'entendre, les préjudices qui la mettent le mieux en valeur ? La jeune mère aura bien songé à se passer du Beauty-Com, à imaginer une société débarrassée de ce formalisme autoritaire que les calypsiens ont eux-mêmes érigé au rang de divinité. Mais à quoi bon ? La vie est déjà assez compliquée comme ça. Pourquoi s'épuiserait-elle à se battre contre la meilleure idéologie qui soit ? Et même si elle a des défauts, la situation n'est-elle pas pire ailleurs ? N'est-ce pas la preuve que ses semblables ont conçu le meilleur système qui puisse être ?

Aïda-Ann écoutera patiemment ses rengaines amères, perfectionnant au passage sa maitrise des secrets de manipulation du BeautyCom. Son vampire lui racontera inlassablement la manière dont les groupes d'intérêt se forment et se déforment au gré des modes et des relations de voisinage. Après tout, même ceux qui ne sont rien n'ont-ils pas la chance de pouvoir modifier les règles du jeu ? Certes, leurs notes ne compteront jamais tant que celles d'un Glenn ou d'une Clémentine, leur voix n'atteindra jamais la puissance des citoyens « hors catégorie » chargés de pallier les dérives d'un algorithme encore trop dépendant des faiblesses humaines. Mais ils seront nombreux. Avec un peu d'organisation, ils parviendront bien, un jour, à faire plier le monde à leur avantage. Peu à peu, ils sauront le rendre plus laid, plus sale, plus humain. Il leur suffira d'être plus malins que les autres.

Elle lui expliquera comment, elle aussi, a réussi à fédérer les oubliés de Calypso pour faire évoluer la silhouette modèle du BeautyCom. « Les gens étaient tellement maigres que les autorités avaient sans cesse une bonne raison de diminuer les rations de base ! » Bien sûr, les habitants et la Hiérarchie continueront de minimiser le rôle de cette mère embarrassante. « Les héros du quotidien font peur, madame ! », assènera-t-elle en levant haut son poing, comme si ces quelques grammes avaient changé la face du monde. « Un système qui vous ressemble sera toujours meilleur ! » Aïda-Ann ne partagera guère l'enthousiasme de son interlocutrice pour ce slogan qui la rendra si fière, et dont personne ne se souviendra. Un slogan qui aurait fait fureur sous les informes uniformes de protection d'Hestia.

Ou, peut-être, la chance prendra-t-elle les traits d'un jeune homme défiguré par la maladie, que même les chirurgiens les plus talentueux de Calypso n'auront pas pu sauver. Un « handicapé » tout juste toléré au pays de la perfection, prêt à tout pour rejoindre une terre qu'il imagine moins hostile. Il pourrait tranquillement se contenter du toit que le gouvernement met à sa disposition, de la nourriture qu'il verse sans relâche dans son assiette, pensant ainsi s'offrir une docilité qu'aucune peur ne pourra jamais acheter. Mais Aïda-Ann sait mieux que quiconque que l'être humain n'est pas fait pour s'asservir infatigablement à quelques miettes de confort s'il s'est mis en tête qu'il méritait tout, au moins tout autant que les autres.

Il lui apprendra que Calypso, unique messie des oppressés, sait aussi apprécier un coup de pouce clandestin pour se débarrasser des mécontents et des fauteurs de trouble. Mais dans un des seuls pays au monde à accepter les réfugiés, vers où les « inadaptés » tels que lui pouvaient-ils encore se tourner ? La Hiérarchie d'un État qui ne tient qu'à son image idyllique ne peut pas se permettre d'envoyer les citoyens gênants dans des cultures qu'elle n'a de cesse de critiquer avec la plus grande véhémence. Quel gouvernement parfait jetterait ainsi ses administrés en pâture à l'intolérance ? Il laissera toutefois entendre que les manœuvres discrètes pour soulager le pays de ces « éternels insatisfaits » peuvent être généreusement récompensées à qui sait prendre des risques. Autant d'épines de moins dans les pieds d'argile de ce colosse inébranlable. Autant de rêves de plus dans la tête d'Aïda-Ann, qui désespère déjà de pouvoir échapper à cette réalité qui lui colle encore une fois à la peau.

Entre deux indignations, elle mesurera ce qu'il lui restera à accomplir pour s'élever au-delà des règles officielles et naviguer sans crainte dans les profondeurs des réseaux aveugles de Calypso. Elle a bien encore quelques contacts qu'elle pourra solliciter à Hestia pour aider ses nouveaux concitoyens les plus désespérés à passer la frontière, même si les tensions internationales ne lui faciliteront pas la tâche. À l'heure où les gouvernements commenceront à s'entendre sur des traités d'extradition pour punir d'indéfinissables « actes barbares », que l'on aura définitivement décidé de ne plus essayer de comprendre, la plupart de réfugiés ne voudront plus rien avoir à faire avec le monde qu'ils auront laissé derrière eux. Aux autres, les périls et la gloire.

Pour Aïda-Ann, la gratitude et le respect enfin à portée de main. La culpabilité d'envoyer des brebis aveugles et égarées à l'abattoir ne la freinera qu'un temps. Après tout, si elle avait pu fuir, pourquoi d'autres n'auraient pas cette opportunité ? Elle ne retournerait certes à Hestia pour rien au monde, mais certains individus ne pouvaient se passer de chaines. Qui était-elle pour juger de leurs rêves ? De toute façon, elle n'aura rien d'autre à leur proposer. À prendre ou à laisser. Alors, avec un peu de chance, elle finira peut-être par devenir un de ces agents évangélistes si souvent célébrés sur sa terre natale, une de ces hydres à qui elle s'était pourtant juré de ne jamais ressembler. Une personne qui cherche à tout prix à partager une pointe de sa solitude, même au prix d'une mer de souffrance et d'une éternité de remords.

Déméos

— Putain, qu'est-ce qu'il nous emmerde ce con !

Inquiète, la présidente leva aussitôt les yeux de son bureau et scruta le plus discrètement possible les membres de son équipe et du gouvernement qui se trouvaient dans la pièce. Personne ne semblait avoir remarqué ou enregistré ses propos déplacés, articulés à mi-voix, mais elle devait se reprendre ; elle ne pouvait pas se permettre de donner du grain à moudre à ses opposants, pas en ce moment. Sa popularité était trop basse pour espérer en sortir indemne. Le moindre faux pas se traduirait nécessairement par de lourdes concessions à ce traitre, issu de ses propres rangs, qu'elle voulait à tout prix faire lyncher sur la place publique. Son aversion à l'égard d'Elias était telle qu'elle préférait encore l'idée de s'exiler à Éra plutôt que de se résigner à lui accorder son soutien.

Après s'être rassurée en examinant minutieusement les personnes présentes dans le vaste espace de travail orné de bibliothèques poussiéreuses, elle convia ses plus proches collaborateurs à la rejoindre dans la salle de réunion numéro 3, qui venait tout juste d'être inspectée et resécurisée. Elle prit congé des autres membres du gouvernement, qui semblaient avoir pris racine dans ce que l'on s'entêtait à appeler « son bureau ». En réalité, une antichambre de plus du palais, une pièce de plus dans les rouages mouvants de Déméos.

— Elias nous emmerde ! lança-t-elle en claquant la porte.

— Ça, ce n'est pas nouveau, rétorqua le ministre des Médias à la présidente, qui ne cessait de faire les cent pas dans la salle exigüe et sans fenêtres encombrée d'une gigantesque table.

La cheffe du gouvernement se décida enfin à jeter un tas de feuilles imprimées à travers le bureau en guise de réponse aux regards interrogateurs de ses collaborateurs. Quatre d'entre elles disparurent entre les mains anxieuses et moites de ceux que la présidente considérait à l'heure actuelle comme ses alliés les plus prometteurs. Elle espérait avoir vu juste ; une petite erreur d'appréciation et ce qui allait se jouer dans quelques minutes pourrait lui couter sa carrière. Elle leur accorda un moment pour bien saisir les éventuelles répercussions des quelques lignes qu'ils semblaient tous mettre une éternité à parcourir et à digérer.

— Il compte sortir ça ce weekend, aux heures de forte connexion, pour qu'on n'ait pas le temps de réagir.

— Comment vous avez réussi à vous procurer ça ? demanda, intrigué, le directeur de campagne délégué aux réseaux sociaux. La présidente esquiva le sujet d'un geste de la main.

— C'est vrai ? La question avait fusé des quatre coins de la pièce. Tous voulaient évidemment savoir si les allégations d'Elias tenaient la route, s'il pouvait avoir des preuves, comme si cela avait la moindre importance dans les circonstances actuelles.

— Pas vraiment, répondit leur cheffe en s'asseyant autour de la table, invitant ses partenaires à en faire de même, mais entre la popularité d'Elias et les quelques documents équivoques et totalement sortis de leur contexte qu'il a réussi à se procurer, ça pourrait suffire à provoquer un référendum direct immédiat. Je ne pense pas qu'il soit nécessaire de vous rappeler les résultats des derniers sondages en cas de consultation générale de l'opinion.

Ses quatre interlocuteurs détournèrent les yeux et se couvrirent la bouche, comme des écoliers essayant d'esquiver les questions de leur enseignante.

Il fallait frapper vite et fort, mais cela faisait déjà de longs mois qu'ils cherchaient les armes médiatiques qui les aideraient à anéantir leur nouvel opposant. En vain. Depuis qu'Elias avait décidé de faire sécession et de créer son propre mouvement, de recruter ses troupes dans une communauté qu'elle avait bâtie à partir de rien, la présidente perdait bataille sur bataille. Rien, ils n'avaient rien trouvé d'assez convaincant pour contrer la mauvaise foi d'Elias, ses documents truqués et sa profonde connaissance des recoins les plus sombres du parti et de sa dirigeante. D'après les projections de la ministre de la Consultation sociale, aucun des thèmes d'influence actuels ne permettrait de bloquer son ascension. Remarques ethniques borderline ressorties de ses années de fac, dérapages linguistiques, techniques de manipulation, application approximative des mandats d'opinion publique, tout semblait glisser sur lui et s'accrocher fermement à la présidente. C'est pour cela qu'elle n'avait pas hésité une seconde à recruter Éléonore, sa toute nouvelle conseillère en communication, lorsqu'elle s'était présentée, il y a une semaine à peine, devant la porte de son bureau. Brillante et ambitieuse, elle avait déserté les rangs d'Elias pour des motifs obscurs et n'avait pas réfléchi longtemps avant de se rallier à ses anciens adversaires. Tout le monde la soupçonnait évidemment d'être un agent double à la solde d'Elias, mais peu importait ; la présidente n'avait plus le choix et comptait bien mettre à l'épreuve la loyauté de son nouveau poulain.

Éléonore leva la tête, inspira profondément en prenant le temps d'observer ses collègues et se jeta à l'eau sans quitter la présidente des yeux :

— Il y a peut-être quelque chose.

Tous étaient pendus à la bouée de sauvetage qu'elle semblait vouloir leur lancer du bout des lèvres.

— C'est risqué, mais ça pourrait marcher, continua-t-elle prudemment.

La présidente la pressa de poursuivre sans faire de simagrées. Elle jugerait des risques par elle-même.

Éléonore était à l'origine de nombreux scandales qui avaient touché le parti présidentiel et égratigné l'image de sa dirigeante depuis la sécession d'Elias Elbrück. Sa présence dans cette pièce était donc des plus étonnantes, mais la situation était suffisamment désespérée pour jouer le tout pour le tout. L'histoire qui l'avait poussée à quitter les rangs d'Elias avait commencé il y a près d'un an. Alors qu'elle n'était encore qu'une conseillère parmi d'autres, elle s'était fait remarquer par une stratégie brillante, qui avait permis d'utiliser certains documents fiscaux de la présidente à un moment opportun pour faire courir des soupçons de corruption. L'affaire avait vite été classée sans suite par la justice, ce qui n'avait pas empêché une petite partie de la population de continuer à croire à ce montage grossièrement orchestré pour un initié, mais exécuté d'une main de maitre d'un point de vue marketing. Le NPPJ (Nouveau Parti pour une Présidence Juste, fondé par Elias) avait célébré ce premier coup décisif porté à leur adversaire lors d'une soirée en grande pompe financée par un magnat des réseaux sociaux, un des principaux soutiens de la campagne d'Elias depuis qu'il avait publiquement annoncé son intention de renforcer le pouvoir des plateformes démocratiques, que la présidente cherchait selon lui à brider pour faire taire la population. Le dissident s'attribuait comme toujours tous les mérites, mais il n'était pas resté indifférent aux charmes intellectuels et physiques de sa jeune conseillère. De flatteries en hommages, il s'était laissé griser par la victoire et par le whisky, et avait fini par baisser sa garde. Alors que la fête s'étendait sur sa fin et que les derniers convives éméchés rentraient chez eux sans prendre la peine de saluer la star du jour, il avait surpris Éléonore seule dans l'immense bibliothèque de sa demeure. Il avait eu quelques gestes déplacés que la jeune femme s'était empressée de réfréner.

À ce moment de son récit, la conseillère en communication balaya d'un revers de la main la remarque qui allait sortir de la bouche du ministre des Médias. Elle savait bien que, depuis l'affaire Alice Altmeyeur, ces quelques gestes seraient loin de suffire pour discréditer Elias au plus fort de sa popularité. Le thème avait été bien trop usé et de telles allégations ne feraient que desservir la présidente, qui serait immédiatement accusée de vouloir manipuler l'opinion. Ce qui importait, c'est ce qui s'était passé après.

Tous avaient en mémoire ce célèbre procès, point d'orgue d'une ère médiatico-politique qui s'était montrée bien plus tenace que toutes les dernières vagues de contestation. Alice Altmeyeur avait surfé comme personne sur l'onde de choc du mouvement #PasMoi, qui avait grondé en toile de fond de la vie démocratique pendant plus de trois ans. Avec l'aide de quelques complices, l'ambitieuse actrice à la beauté quasi surréaliste avait lancé une véritable razzia sur le monde des affaires proche du pouvoir et les politiques qui gravitaient autour. Avec douze arrestations populaires, au moins autant de pots-de-vin et quatre contrats de production, Alice Altmeyeur aurait pu sortir de cette histoire hypermédiatisée la tête haute et le compte en banque plein. Mais elle s'était montrée trop gourmande. Lorsqu'elle s'était mise à viser trop haut, un torrent de vidéos compromettantes avait immédiatement noyé les plateformes de participation citoyenne, emportant sur son passage la vie de la jeune Alice et les espoirs de nombreux militants moins cupides. Le public, choqué par la tournure de cette affaire qui avait ému l'ensemble du pays, se méfiait dorénavant de ce type d'accusations, et il était devenu extrêmement difficile pour les véritables victimes d'obtenir gain de cause lors d'une action populaire. La mode était passée, et c'était sans doute pour ça qu'Elias s'était permis de baisser à ce point sa garde. Le mouvement #PasMoi n'était pas près de renaitre de ses cendres.

Il ne s'agissait donc pas de cela. Après un regard appuyé vers son collègue, qui éviterait certainement toute nouvelle interruption intempestive, Éléonore reprit le fil de son récit :

— Les politiques sont souvent du genre capricieux, et la contrariété peut vite leur donner des aigreurs d'estomac, mais Elias a développé une véritable intolérance au « non » et il peut y faire des réactions épidermiques totalement démesurées lorsqu'il n'est pas sous le feu des projecteurs.

Tous acquiescèrent d'un sourire entendu. Ils avaient collaboré avec Elias pendant des années et connaissaient bien ses sautes d'humeur. Malheureusement, il avait quitté le navire avec une grande part de l'équipe de surveillance et les quelques enregistrements compromettants qui auraient pu l'embarrasser.

Tous les regards étaient de nouveau pendus à ses lèvres. Elle continua. Vexée qu'Elias se soit attribué tous les mérites pendant la soirée, elle avait décidé de jouer un peu avec ses nerfs et de faire mine de découvrir une vieille photo savamment camouflée entre deux livres dénués d'intérêt, juchés en haut des étagères. Peu de gens y auraient eu accès, mais Éléonore dépassait la plupart de ses congénères de deux bonnes têtes. Le chef du parti y posait un regard insistant et équivoque sur un bel éphèbe qui devait avoir la moitié de son âge. Elle n'avait pas pu se retenir d'égratigner sa virilité en lui balançant une ancienne rumeur qui s'était éteinte avec la naissance de Fiona, le premier et unique enfant du couple Elbrück.

— Je ne l'avais jamais vu dans cet état, expliqua-t-elle à ses nouveaux collaborateurs en mimant la fureur d'Elias.

Il s'était emporté avec une violence inouïe à l'évocation de sa réputation passée. C'est pourtant elle qui lui avait depuis valu la sympathie du mouvement #PasDeGenre.

— Je vous fais grâce des noms d'oiseaux qu'il a proférés à l'encontre de celles et ceux qui constituent peut-être sa plus forte base électorale !

Bien évidemment, elle n'avait pas d'enregistrement, toute la maison avait été balisée avec soin juste avant la fête, et rien ne pouvait en sortir, en tout cas, rien de numérique… Elle posa alors une photo de mauvaise qualité sur le bureau. On y voyait un beau garçon à côté d'une version jeune et totalement en transe d'Elias.

« Comment… » Éléonore arrêta encore d'un geste le ministre des Médias, qui commençait sérieusement à lui courir sur le haricot avec ses remarques inopportunes. Bien évidemment, elle ne révèlerait jamais à ses collègues qu'elle se déplaçait en permanence avec un de ces vieux appareils photo jetables qu'elle se procurait à pris d'or et à grands risques au marché noir. « Et ? » La présidente savait sa nouvelle recrue bien trop maligne pour ne pas soupçonner qu'un simple cliché anodin ne ferait pas l'affaire, Elias pourrait même en profiter pour raviver des soutiens qui s'étaient un peu étiolés depuis la naissance de sa fille. Quant à ses prétendues insultes genrophobes, personne ne croirait une ancienne conseillère sur parole, pas après avoir été renvoyée.

— Je l'ai retrouvé.

Plus rien ne bougeait dans la pièce. Pas un mouvement de cils, pas un souffle, le temps s'était figé dans la salle de réunion numéro 3. La présidente pressa sa collaboratrice de continuer. Le suspense, ça allait bien deux minutes. On n'avait pas la journée ! Elton, le bel éphèbe, n'avait jamais vraiment digéré qu'Elias refuse de reconnaitre ses talents et de l'aider à propulser sa carrière… et un des contacts d'Éléonore était justement sur le point de lancer une nouvelle émission.

Le lendemain, la course d'influence, comme on appelait les campagnes d'information citoyenne dans le jargon politique, démarrait sur les chapeaux de roues. Elton s'affichait sur toutes les plateformes sociales, affublé du badge #PasMoi, pour faire le coming out d'Elias et dénoncer dans la foulée les attouchements dont il avait selon lui été victime. Et contrairement à ce que son vieil admirateur avait toujours cru, il avait pu garder quelques traces ambigües de leur amitié passée. Rien de tout cela n'était suffisant pour nuire durablement à la réputation d'Elias, mais avec les réseaux de la présidente et ses relais sur les plateformes de consultation citoyenne, le scoop avait tout pour exploser les records de diffusion pendant plusieurs semaines. Avec un peu de chance, Elias chuterait dans les sondages, mais même si le résultat se révélait plus modeste, le pari était presque impossible à perdre : Éléonore venait de lui servir sur un plateau le scandale dont elle avait besoin pour gagner du temps. Depuis des mois, elle se faisait balloter par les tendances, mais cette fois, elle était certaine de réussir à reprendre la main. Elle pourrait enfin souffler, trouver une stratégie pour redorer son image et une parade pour traiter l'absurde mandat sur le contrôle des naissances qui venait d'être voté en consultation citoyenne directe.

Les mesures de restriction objectives, basées sur des critères génétiques largement acceptés par la population, avaient accompli des merveilles pendant près de cinquante ans. Mais il n'avait jamais fait aucun doute qu'elles finiraient par se révéler obsolètes, et les chiffres pleuvaient à intervalle régulier comme une menace apocalyptique sur la fragile néo-démocratie. Certes, la grande majorité des adultes était dorénavant apte à former une famille, mais, de l'avis de la présidente, cela ne justifiait en rien le récent engouement médiatique suscité par les prévisions alarmistes d'un sombre institut de recherche en quête de gloire. Tout le monde avait paniqué. Tout le monde y était allé de ses prédictions dans le chaos le plus total, occultant nombre d'études sociales bien moins austères. Car si la plupart des Déméosiens étaient théoriquement autorisés à faire des enfants, beaucoup n'en avaient tout simplement pas l'intention. Entre la peur des uns et le gout de la liberté des autres, la norme avait changé de camp, et rien n'indiquait que le pays pourrait retourner à ses vieilles habitudes. Toutefois, pour ses opposants, la popularité en berne de la cheffe du gouvernement avait représenté une occasion en or de s'engouffrer dans la brèche et d'agiter l'épouvantail de la surpopulation pour effrayer le chaland.

Résultat : la Majorité exigeait que les implants contraceptifs obligatoires soient paramétrés à vie pour l'ensemble des citoyens, et qu'un certain nombre d'entre eux, défini en fonction des besoins de natalité au niveau national, soit tiré au sort chaque semestre et autorisé à se reproduire. Ils auraient six mois pour multiplier leurs gènes avant que leur traitement soit automatiquement réactivé. La loi ne prévoyait même pas d'étendre cette autorisation aléatoire aux autres membres de l'unité familiale. Cela dit, on était passé à deux doigts de propositions plus folles encore : une mesure darwinienne suggérait d'ajouter des hormones dans toute l'eau potable du pays en pariant sur l'adaptation naturelle d'une petite partie de la population, et des scientifiques ambitieux plaidaient en faveur d'une thérapie génique censée diminuer les probabilités de procréation… en jouant à la roulette russe avec notre code génétique.

La présidente devait dorénavant trouver un moyen d'appliquer cette stratégie nationale, sans que tout cela se mette à ressembler à un cirque avec des familles composées de désespoirs d'un soir. Si au moins ils acceptaient qu'il faille déposer une demande et remplir certains critères avant d'être tirés au sort ! Vu le nombre de personnes réellement intéressées par la parentalité, la « Fenêtre de procréation » aurait toutes les chances de rester ouverte en toutes saisons. Ça ne changerait pas grand-chose à la situation actuelle, tout le monde serait content. C'était à cette bataille que la présidente comptait s'attaquer dès qu'elle aurait repris des couleurs dans l'opinion. À l'époque de la course d'influence, elle était au plus bas, et on l'avait accusée de vouloir manipuler les résultats. Ses opposants les plus malins ou les moins scrupuleux avaient donc enfourché le cheval de la loterie totale pour gagner des points auprès de la population. Aujourd'hui, tout était de nouveau possible.

5

Elias s'empêtra dans le déni. Rien de surprenant, c'était ce que tout le monde faisait toujours, même si tout le monde savait bien que ce n'était jamais à faire. Il avait encore de nombreux soutiens, mais alors qu'il se débattait contre les relais numériques du parti présidentiel, aidés malgré eux par les « girouettes » prêtes à défendre la moindre cause estampillée comme « juste » et les anonymes en quête de succès médiatique, la présidente plaçait lentement ses pions pour adoucir la loi sur la Fenêtre de procréation (plus poétique que la « Loterie », il faut l'avouer) et arrimer fermement le siège éjectable sur lequel elle se trouvait.

Elle ne quittait plus sa nouvelle recrue et se délectait à ses côtés de vidéos d'Elias. Il rugissait comme un lion en cage, exhibant à qui voulait bien l'interviewer des photos de sa fille, de son mariage, des preuves de sa paternité. Il criait à la calomnie, il était pathétique. Les deux femmes visionnaient les meilleurs passages en boucle, tant pour se divertir que pour alimenter leur ressentiment envers un ennemi commun. Elles avaient la même version du drame, et elles s'en réjouissaient : Elias avait tout fait pour écarter ses collaborateurs les plus audacieux et les plus brillants de peur d'être évincé, et il en payait le prix. Sa communication classique, dépassée, cumulait les erreurs grossières, et faisait osciller son image entre goujaterie et malhonnêteté. Tout est question de montage.

Elton se révélait un allié des plus scrupuleux. La présidente s'était d'abord montrée méfiante, mais il respectait à la lettre le plan qui lui avait été transmis. Après sa sortie fulgurante sur les agissements d'Elias, il se fit discret. S'il avait eu besoin de raconter ce qui lui était arrivé pour avancer, il voulait dorénavant passer à autre chose, se concentrer sur sa carrière et sur sa nouvelle émission. Il préparait ses interventions médiatiques avec sérieux, suffisamment en tout cas pour compenser ses faibles talents d'acteur aux yeux d'une audience peu regardante sur ces sujets explosifs. Éléonore avait sans l'ombre d'un doute un don inné pour mener les gens là où elle le souhaitait, un savoir-faire essentiel pour briller dans l'ombre de sa branche professionnelle en attendant que vienne l'heure de la scier et de se révéler au grand public au sommet de sa gloire. La présidente savait qu'elle devait se méfier, mais elle était aussi fascinée par cette jeune collaboratrice ambitieuse qui ne laissait rien voir de son jeu.

Derrière la bataille médiatique qui faisait rage sur toutes les plateformes populaires, l'équipe du directeur de campagne délégué aux réseaux sociaux se démenait pour lancer en douceur l'opération « Loterie » avec quelques infographies faciles à digérer. Destinées à des groupes marginaux, ces illustrations « prouvaient », à force de chiffres hors contexte et d'analogies absurdes, que le système de tirage au sort anarchique voté lors de la précédente consultation citoyenne avait pour but d'alimenter les réseaux pédophiles des plus puissantes entités du pays, qui comptaient sur cette nouvelle masse d'enfants non désirés pour s'étendre au-delà des frontières de Déméos. Rien n'était jamais trop exagéré pour rallier ceux qui voulaient bien se laisser convaincre.

Ces arguments passaient rarement la barrière du grand public, mais les marginaux se révélaient souvent de précieux alliés, quelle que soit la bataille. En plus de décrédibiliser toute forme plus raisonnable d'opposition, ils redoublaient d'inventivité et d'énergie pour créer et diffuser des contenus, des slogans, des images capables, à terme, de toucher une audience bien moins restreinte. Il fallait évidemment savoir rester discret. La méthode n'était pas sans risque, mais toute l'équipe avait été formée aux dernières techniques de camouflage numérique. La présidente et son directeur de campagne avançaient sereins : Elias faisait diversion, et ils avaient plus de temps qu'il ne leur en fallait avant la mise en place de la nouvelle loi pour renverser la situation à leur avantage.

4

Aucun scandale excitant n'avait éclaté au cours du printemps et on sentait les Déméosiens tendus, impatients d'enfourcher une nouvelle cause médiatique. Aidés par ce vide de bon augure et par une chaleur écrasante qui incitaient les citoyens à combler leur ennui quotidien en affichant leur certitude du moment, le parti présidentiel et l'opinion publique n'eurent aucun mal à pousser Elias dans ses retranchements. Il donnait de la voix sur tous les plateaux, tous les réseaux. Il était partout, ne convainquait personne, montait sur ses grands chevaux à la moindre contrariété. Même si on le sentait au bord du précipice, il avait jusqu'ici réussi à ne jamais passer les bornes de la genrophobie, une faute qui l'aurait précipité dans les limbes de la politique pour les dix années à venir. Mais l'audience ne lui faisait pas de cadeaux. Le ton qu'il prenait pour s'expliquer était toujours trop hautain, nerveux, navré, agressif, digressif, frivole, fiévreux, soucieux. Rien n'allait jamais. Le fait même qu'il ose « se défendre » sur des questions touchant à l'orientation sexuelle commençait à attiser la vindicte populaire.

Il était trop tard. Elias s'était laissé piéger dans une spirale qui devrait l'engloutir avant de le régurgiter aux confins des rives politiques de Déméos. La plupart des citoyens qui disparaissaient ainsi des phares de la vie publique abandonnaient la partie, mais la présidente était sûre d'une chose : Elias était bien trop orgueilleux pour s'avouer définitivement vaincu. Son entêtement donnait des airs tragiques à ses apparitions médiatiques. Peu de gens étaient capables de déceler la noblesse de sa détermination derrière la trivialité et l'absurdité de ses déclarations, mais la présidente y voyait sans aucun doute le signe de sa propre supériorité. À chaque interview, Elias, emporté par la colère d'être injustement montré du doigt, sortait de ses discours et proférait des propos inédits pouvant porter à polémique. Il se sentait alors obligé de se défendre, de clarifier, d'expliquer, entrainant de nouveaux mots, de nouvelles furies. Tout ce qu'il disait était interprété, trituré, remonté, détourné. Au lieu d'abandonner le champ de bataille, il voulait jouer la guerre, et il était en train de la perdre. Elias était incapable d'accepter l'échec, quel qu'il soit. C'est sur ce pari que la présidente avait misé toute sa stratégie. En observant les veines injectées de sang qui rythmaient les paroles désordonnées de son adversaire lors du dernier Déméos Show, elle se sentit enfin soulagée de ne pas s'être trompée.

Après avoir agi dans l'ombre des réseaux marginaux du pays, le parti profita des éclats médiatiques d'Elias pour abattre sa première carte grand public dans la bataille pour la « Fenêtre de procréation éclairée ». Alimenté par des recherches médicopsychologiques douteuses menées à la vitesse de l'éclair grâce à la générosité des proches de la présidente, un institut des plus sérieux, qui avait jusqu'ici refusé d'entrer dans le débat de la loterie des naissances tant l'idée entière lui paraissait incongrue, décida finalement de soutenir la thèse de l'inscription. Il ne fallait pas y regarder de trop près, mais aux yeux des novices, les noms et le vocabulaire firent forte impression dès les premières heures de diffusion. Les scientifiques travaillaient aussi d'arrachepied avec Éléonore et le ministre des Médias pour préparer leurs interventions et justifier leur implication tardive.

Les nouvelles données avaient pour objectif de remettre en cause l'infographie phare qui avait permis aux défenseurs de la loterie totale de gagner la partie lors de la précédente course d'influence. Elle s'était appuyée de manière ingénieuse sur un fait divers tristement célèbre. Après avoir échoué à un test psychogénétique, un gamin marginalisé était entré, mitraillette à la main, dans la salle du Conseil citoyen qui avait rejeté sa demande d'inscription dans une filière à risque. On aurait pu en déduire que l'algorithme remplissait sa fonction à merveille, mais la balance avait penché de l'autre côté. Si les Déméosiens avaient bien une chose en commun, c'était leurs petits arrangements avec la logique pour se décharger de leurs responsabilités individuelles. Le même s'était donc présenté au Conseil en exigeant qu'on le mène à l'ordinateur central. À part lui, aucune victime n'avait été à déplorer, pas même la machine qui, comme tout le monde le savait à Déméos, se trouvait dans un lieu tenu secret, et certainement pas dans un bâtiment du Conseil. Mais le mal était fait. L'égalité avait fait son retour en grande pompe sur le devant de la scène et avait accouché à terme de la Fenêtre de procréation totale. Si cette histoire nous apprenait quelque chose, c'est bien que nul ne devait jamais être entravé dans ses choix. C'est du moins ce qu'en avait compris le public.

De son côté, la présidente avançait lentement, mais très médiatiquement, sur la mise en place de la version de la loterie telle qu'elle avait été votée par les citoyens. Elle comptait montrer à tous une exemplarité sans tâche pour ne pas se voir accusée de prendre parti et ternir sa réputation acquise à grand-peine. Sa fonction consistait à appliquer les choix exprimés par ses administrés et elle se conformait, non sans aigreurs d'estomac, à cette image de présidente modèle. Les modalités d'arrêt et de réactivation du traitement hormonal étaient à l'étude, ainsi que la configuration de l'algorithme censé calculer le nombre de sujets optimal. Dans l'ombre, la cheffe du parti s'efforçait de ralentir au maximum les travaux. Elias faisait diversion. Tout allait pour le mieux.

3

Au bout d'un mois sous les projectiles des médias, Elias commença à flancher. Il se résigna à contacter la présidente par des voies sécurisées afin de lui offrir de soutenir sa proposition de loi sur la Fenêtre de procréation éclairée en échange de son appui dans la crise qu'il traversait. Il n'était pas dupe. Il savait pertinemment qui se cachait derrière toute cette agitation. Il ne doutait pas non plus que la présidente pourrait tout arrêter d'un claquement de doigts si elle obtenait ce qu'elle désirait. Un temps, elle envisagea cette possibilité, mais au vu des récents sondages d'opinion, mieux valait ne pas entacher sa réputation redorée avec des accusations de tractations de faveurs. Elle renvoya donc Elias dans les cordes et l'accula dans ses derniers retranchements. Poussé par l'énergie du désespoir, il fit encore quelques sorties médiatiques, de plus en plus clairsemées, de plus en plus tard, de moins en moins convaincantes. Le public commençait à se lasser et, à part quelques irréductibles qui criaient au procès, la plupart des gens étaient passés à autre chose.

Les températures étaient redevenues plus clémentes. Les Déméosiens occupaient dorénavant leurs journées à la plage, en forêt. Les cours d'été avaient pu reprendre maintenant que les équipements pouvaient être utilisés sans climatisation et sans danger pour la santé publique. La politique et les plateformes d'opinion n'intéressaient que les fanatiques et les dépressifs à cette époque de l'année. Les citoyens faisaient le procès d'Elias en famille, entre amis, entre inconnus, entre deux discussions sur le climat et le piquenique du midi. Les Déméosiens étaient en vacances, Éléonore était vraiment tombée à pic.

La présidente profita du calme estival pour convaincre les têtes de proue d'un parti écologiste en vogue de soutenir son projet de Fenêtre de procréation éclairée. Ces jeunes idéalistes, du moins en apparence, avaient d'abord choisi de se ranger du côté d'Elias. Ils s'étaient tout d'abord posés en fervents défenseurs de l'égalité et d'une nouvelle vision moins « étriquée » des unités familiales, qui regroupaient alors entre deux et cinq adultes en moyenne, une grande partie des foyers ayant opté pour l'ancien modèle de biparentalité, pourtant fortement critiqué par les pédopsychiatres. Les écologistes avaient aussi accusé personnellement la présidente d'œuvrer à la destruction du pays en faisant tout pour le noyer sous une horde d'orphelins dévoreurs de ressources afin de combler le manque de l'enfant qu'elle n'avait jamais pu avoir. Elle s'était d'ailleurs attiré les foudres des tenantes de la #MaternitéPositive lorsqu'elle avait répondu n'avoir jamais voulu être mère, et avait été soupçonnée de cacher des indispositions génétiques.

Maintenant que le vent avait tourné, les écologistes clamaient que la présidente avait démontré son engagement envers la décision démocratiquement exprimée par les Déméosiens et qu'une Fenêtre de procréation éclairée ouverte à l'ensemble des membres d'une unité familiale déclarée était un bon moyen de faire entrer la multiparentalité dans les mœurs. Selon eux, les « nouvelles données scientifiques » montraient même que la variable « choix » pourrait se révéler dissuasive et plus efficace pour le contrôle de la démographie qu'un tirage au sort totalement aléatoire. Il n'y avait bien sûr aucune étude fiable en la matière, mais l'important n'était pas là.

2

Après de longues semaines à se battre contre le vent de l'opinion, Elias était complètement éteint. Il avait les traits tirés par la dépression. Il avait pris dix ans. Il se résigna finalement à faire profil bas et se retira dans sa maison de campagne pour faire le point et écrire un livre. Rien à voir avec la politique, il en fit la promesse. Il ne s'y tiendrait pas, mais d'ici là, tout le monde aurait oublié qu'il avait juré de ne pas ajouter sa pierre à l'édifice colossale des dirigeants évincés du pouvoir qui continuaient à donner des leçons à tout va sans jamais reconnaitre leurs échecs.

Cette sagesse de façade amusait la présidente, mais elle avait aussi de la peine pour cet ancien collaborateur qu'elle avait jeté en pâture aux brebis égarées. Avant qu'Elias ne devienne trop ambitieux, ils en avaient gagné des batailles côte à côte. Et aujourd'hui, elle voyait en Éléonore toute l'exaltation qu'elle avait décelée chez lui il y a bien des années. Elle pressentait que cette femme la mènerait à sa perte, mais si elle savait s'y prendre, avant cela, elle ferait sa gloire.

En attendant, Éléonore se consacrait à sa tâche avec une abnégation et un génie qui forçaient l'admiration de tous. Même si quelques mauvais perdants continuaient à chuchoter derrière son dos, la plupart des collaborateurs du parti avaient vite reconnu ses qualités et l'avaient totalement intégrée à l'équipe. Chaque semaine, elle réactivait le scandale « Elton », trouvant la moindre excuse dans sa vie privée pour blâmer Elias. Son arrestation pour conduite sous influence était le signe évident d'une dépression causée par un traumatisme qu'il n'avait jamais eu la chance d'oublier en raison du succès de son agresseur. Les accusations de ses nombreux amants et collègues pointant son comportement erratique, parfois à la limite de la violence, témoignaient du manque de confiance du nouvel animateur vedette, qui reproduisait ce qu'il avait connu avec Elias. Tout y passait. Ravi de sa récente notoriété, Elton ne refusait quant à lui aucune excuse de pouvoir continuer à occuper le devant de la scène.

Sans réel opposant, la présidente avait dorénavant un boulevard devant elle pour mener sa campagne sur la Fenêtre de procréation éclairée, et la balance commençait à pencher durablement en sa faveur. D'après les prévisions de la ministre de la Consultation sociale, il était encore un peu tôt pour lancer une initiative de votation citoyenne, mais les sondages étaient de plus en plus prometteurs. Bien entendu, à Déméos, tout le monde avait le droit de soumettre ses suggestions au reste de la population, et chaque semaine, plusieurs dizaines de propositions de vote voyaient effectivement le jour. Mais sans le soutien de réseaux d'opinion influents, elles étaient pour ainsi dire vouées à se noyer dans la masse des idées anonymes insignifiantes, qui pullulaient à la surface des plateformes citoyennes de Déméos pour leur donner le lustre de la souveraineté individuelle. La présidente ne voulait prendre aucun risque. Pas question de précipiter le vote, elle attendrait d'être sûre de remporter la mise.

Les apparitions médiatiques régulières d'Elton lui offraient les respirations dont elle avait besoin pour étirer l'actualité jusqu'au moment le plus propice pour engager la dernière offensive. Après des débuts chaotiques, les équipes d'Éléonore et du ministre des Médias s'étaient mises au diapason et menaient leurs actions avec l'agilité d'un chef d'orchestre. La campagne sur la Fenêtre de procréation éclairée ne devait pas occuper tout l'espace des plateformes de consultation au risque de précipiter l'initiative de votation citoyenne, mais le vide, c'était aussi la possibilité de voir émerger un nouveau scandale dont le parti n'aurait pas la maitrise. C'est dans ces moments-là qu'Elton entrait en jeu.

La coordination était parfaite. À intervalles réguliers, le directeur de campagne délégué aux réseaux sociaux diffusait des infographies, des résultats d'études ou des illustrations, appelant au bon sens à défaut de bonne science, afin de rallier de nouveaux Déméosiens et s'assurer de ne perdre personne en route. Quand le rythme commençait à s'emballer, Éléonore prenait le relai en mettant Elton sous le feu des projecteurs. Tout était sous contrôle. Le parti avait admirablement réussi sa principale vidéo de campagne. Elle tournait maintenant depuis plus d'un mois sur les réseaux sociaux, et les citoyens s'en étaient emparés pour créer des images personnalisées qui avaient vite envahi la majorité des plateformes d'opinion. On y voyait tour à tour des scènes de joie et d'allégresse, de barbecues en famille et de vacances à la mer, alternant avec des séquences d'enfants en pleurs trainant leurs haillons dans les rues de la capitale. « Un enfant heureux est un enfant planifié. Ne laissons aucune chance au hasard. » La vidéo se terminait sur ces mots, qui jouait à merveille sur la plus grande peur des Déméosiens. Leurs ancêtres s'étaient laissé piéger dans d'incessantes ripostes stériles et avaient presque mené l'humanité à sa perte. Son salut était dans la programmation à long terme. L'égalité était passée au second plan. Tout le monde l'avait oubliée.

1

À l'approche de la votation citoyenne, Elias disparut peu à peu des écrans et des conversations. Les gens avaient presque oublié qu'ils n'entendaient plus parler de lui chaque fois qu'ils consultaient les nouvelles, et les débuts d'Elton n'étaient plus associés à ses tonitruantes accusations.

Après des semaines d'accalmie, Elias trouva finalement le courage de tenter un rebond pour retrouver sa place dans le débat public. Sans jamais mentionner le fait divers qui l'avait poussé à se retrancher à la campagne, il se permit de commenter, de manière totalement consensuelle et inutile, les discussions actuelles sur la Fenêtre de procréation. Il admettait « s'être égaré » en voulant « accorder trop d'importance à l'égalité » et saluait le travail de sa rivale, qui avait su maintenir « un équilibre raisonnable entre justice sociale et efficacité ». Son mea culpa s'accompagnait d'un appel à « l'union nationale » plus essentielle que jamais pour « relever les défis historiques » que le pays devait affronter. Un discours sans tache, pensa la présidente, mais aussi empreint du pire défaut de la politique contemporaine : l'empressement, qui lui valut les foudres du public.

Elle avait commencé sa carrière à une autre époque. Ses mentors lui avaient appris à voir à long terme, à avancer lentement, et quarante ans après, elle était toujours là. Elle avait assisté à la naissance de Déméos. Du haut de ses dix ans, elle n'y avait pas compris grand-chose à la première Constitution, mais elle avait activement participé à la promotion de la troisième entre deux passages sur les bancs de l'université d'administration publique. Quarante ans et six constitutions plus tard, elle avait bien failli se faire renverser par la nouvelle garde. Pour elle qui avait appris à jouer avec dix coups d'avance, le monde allait trop vite, il n'avait plus aucune cohérence, plus d'histoire, plus d'avenir. Le présent avait pris toute la place et n'était pas passé loin de lui couter la sienne. Peut-être était-il temps de songer à se retirer, dans la dignité, avant de finir comme tant d'autres, à se débattre pour quelques miettes d'attention.

En attendant, il fallait assurer sa victoire lors de la prochaine votation citoyenne, et la nouvelle posture d'Elias tombait à propos pour lancer l'offensive. Sa dernière sortie avait été accueillie avec une telle violence, qu'il avait remisé au placard tout espoir de revenir rapidement sur la scène médiatique. Cette absence représenterait sans doute le moment le plus difficile de sa carrière. Le marché était le suivant : Elias proposait d'annoncer son retrait irrévocable de la vie politique et de convaincre ses fidèles soutiens d'appuyer et d'approuver sans condition la loi sur la Fenêtre de procréation éclairée. En échange, la présidente s'engageait à cesser sur le champ sa campagne de dénigrement et à activer ses réseaux pour le faire remonter dans les sondages d'opinion le jour où il serait temps pour lui de mettre fin à son congé « définitif ».

Elle avait été tentée de l'envoyer sur les roses, mais si la popularité d'Elias était actuellement en berne dans la population générale, il avait encore de nombreux partisans dans le monde politique. Entre ses propositions de lois appréciées par les plus influents milieux d'affaires et les « dossiers secrets » qu'il avait recueillis au cours de ses longues années de service aux Renseignements publics, même dans l'ombre, il pourrait se révéler un adversaire coriace, ou un allié de poids.

C'est avec le sourire aux lèvres que la cheffe du gouvernement passa les portes de la permanence du parti le jour de la votation citoyenne. Une fois les bons réseaux activés, la population s'était engouffrée dans la voie qui lui avait été tracée, et la consultation avait été approuvée en moins d'un mois. Les pronostics étaient largement en faveur de la présidente, qui n'avait pas, cette fois, rencontré de résistance. À part quelques individus fanatiques et désespérés, personne n'avait eu l'aplomb de s'aventurer sur le terrain défendu il y a moins d'un an par le nouveau paria de Déméos.

Grâce au marché passé avec Elias, le parti n'avait eu à déplorer aucune opposition majeure et avait pu imposer toutes ses conditions. Les postulants à la Fenêtre de procréation devraient se soumettre à un test psychogénétique strict, intégrant même les pathologies de type C, considérées jusqu'à maintenant comme trop bénignes pour justifier un refus de parentalité, ainsi qu'à une évaluation socioéconomique, censée apporter la garantie que chaque enfant serait élevé dans un environnement sain en adéquation avec les valeurs de réussite individuelle et collective si chères à Déméos. La présidente était très fière de sa victoire sur ce dernier point. Ce type de critères avait toujours été massivement rejeté auparavant. Les défenseurs du mouvement #ÉgalitéPourTous s'étaient jusque-là montrés vigilants et particulièrement influents, mais la colère contre Elias avait rendu les citoyens moins méfiants, et tout le monde avait baissé sa garde. Une aubaine pour la cheffe du gouvernement, qui voyait dans le contrôle rigoureux des conditions d'octroi de parentalité une occasion unique d'étendre son emprise sur le pays.

Selon les estimations du ministère de la Démographie, toutes les unités familiales jugées aptes qui le désireraient pourraient être autorisées à suspendre leur traitement hormonal dans l'année de leur demande. On attendait également une baisse significative des naissances en raison des critères socioéconomiques, qui pourraient encore être réévalués si le recul se révélait moins évident que prévu. La cheffe du gouvernement gagnait sur tous les tableaux. Elle avait développé un outil qui lui permettrait de démontrer l'efficacité de sa politique, quelle que soit la tendance escomptée par l'opinion publique. Le déclin des naissances dans les milieux les plus défavorisés lui donnerait par ailleurs l'occasion de réduire le budget de l'Assistance éducative sans s'attirer les foudres des médias. Son sourire ne la quittait pas. Elle anticipait sa victoire et passait mentalement en revue les différents programmes populaires que cette économie substantielle lui permettrait de soutenir. Il lui faudrait commander des analyses dans le plus grand secret pour assoir son choix, mais un jour de congé supplémentaire lui paraissait déjà une chance unique de graver dans le marbre sa nouvelle image immaculée.

Son sourire ne l'avait pas quittée depuis des heures, et ses joues commençaient à la faire souffrir. Tant pis, ce n'était pas le moment de flancher, alors que le « oui » à la Fenêtre de procréation éclairée s'affichait sur l'écran. C'était gagné.

Soulagée, la présidente accorda quelques instants de répit aux muscles de son visage et sortit prendre l'air sur la terrasse déserte en cette froide soirée d'hiver. Elle eut à peine le temps de profiter du ciel étoilé et du silence, qu'Éléonore la rejoignait. Elle avait envie d'être seule, de savourer son succès, mais elle ne pouvait pas envoyer promener celle qui le lui avait offerte sur un plateau.

— Bravo, belle victoire !
— C'est autant la tienne que la mienne.
— Non, tout le crédit est pour toi. La démographie, ça n'a jamais été mon cheval de bataille de toute façon.

— Et c'est lequel ton cheval ? répondit la présidente avec un sourire ironique. Le monde nous laisse rarement le choix, mais je me souviens encore à quel point on peut être enthousiaste à ton âge.

— Une nouvelle Constitution. Une qui sera faite pour durer.

Le sourire de la présidente se transforma en grimace. Elle venait à peine d'intégrer Éléonore à son équipe, et elle se permettait déjà de la poignarder dans le dos. La sixième Constitution avait été le cœur du programme de la cheffe du parti, et elle était en place depuis plus de vingt ans. « Un projet commun fait pour durer », elle avait choisi le slogan elle-même, alors que les Déméosiens étaient de plus en plus fatigués des changements perpétuels de cadres législatifs, qui s'étaient enchaînés après le Grand Effondrement.

— Je croyais que c'était déjà le but de celle-ci, et elle y arrive plutôt bien, non ? À part toi, je n'ai jamais entendu personne se plaindre.

— Les citoyens de ta génération, non, mais les jeunes n'ont connu ni la guerre civile ni les cinq premières Constitutions. La présidente serra les dents à cette évocation déloyale de son âge. Ils la trouvent trop molle, trop consensuelle. Ils veulent marquer l'identité de Déméos au fer rouge dans son texte fondateur.

— L'identité a tué beaucoup de gens dans le passé, il est hors de question...

Éléonore lui tendit un morceau de papier. C'était une photo jaunie sur laquelle on la voyait dans une couveuse d'Éra, un bébé dans les bras. Éléonore lui montra de nouvelles images. L'enfant avait grandi.

— Tu peux les garder. J'en ai plein d'autres.

La présidente glissa les clichés dans son sac en scrutant les alentours pour vérifier qu'aucun témoin n'avait assisté à la scène. Sa victoire avait soudain un gout amer. La bataille n'était pas encore annoncée, mais l'actuelle cheffe du gouvernement n'avait aucun doute sur son issue. Tout était joué d'avance. D'ici peu, Déméos aurait une septième Constitution et une nouvelle vedette de la politique.

Hestia

D'aussi loin qu'elle s'en souvienne, Aïda-Ann a toujours su qu'elle ne serait jamais à sa place à Hestia. Était-ce dû à sa grâce naturelle, à un sens inné de la dissemblance ou à son étrange conception de la justice ? Sa chair sentait, malgré toute l'ignorance dans laquelle elle était plongée, qu'elle ne pourrait être que l'ombre d'elle-même parmi les fantômes qui l'entouraient. Pouvait-il en être différemment pour les autres ? Ces fanatiques aveugles qui l'encerclaient se voilaient-ils réellement tout horizon par conviction d'un monde meilleur, qui devait à tout prix se trouver derrière eux ou dans le fond d'un tombeau ? Ses parents, ses frères, ses sœurs avaient l'air d'y croire en tout cas. Mais qui aurait pu remettre en cause sa ferveur à elle, alors que son apparente obédience était la condition de son unique espoir de liberté ? Dans ce paysage sans avenir et sans présent, Aïda-Ann paraissait plus pieuse que les fidèles les plus ardents.

Était-ce en raison de leur foi, par peur de leur propre famille ou pour maintenir une illusion à laquelle ils avaient un jour choisi de croire, que ses parents répétaient leurs incessantes prières, même lorsqu'ils étaient persuadés d'être seuls ? Aïda-Ann n'avait jamais eu le choix, mais elle se savait sans cesse épiée dans cette maison sans ornements et sans chaleur. Comme nombre de leurs contemporains, ses parents s'étaient jetés sur Hestia avec toute l'avidité de la terreur et l'effroi du changement. Contrairement à elle, ils ne s'étaient pas retrouvés là par hasard. Cela en étonnerait plus d'un aujourd'hui, mais peu d'Hestiens avaient été engloutis par erreur. Après le Grand Effondrement de l'Ordre Naturel, beaucoup préjugeaient que seule une société immuable saurait remettre de l'ordre dans le chaos. Les valeurs ancestrales les avaient prémunis jusqu'ici, et il faudrait certainement toute la force des coutumes séculaires du monde et de l'histoire pour les sortir des ténèbres dans lesquelles ils avaient été plongés par la modernité et le progrès. Le temps n'était plus à la lutte, mais à la convergence, et tous les folklores s'étaient alliés pour tenter de créer un nouvel équilibre. Oublier le passé a toujours été la meilleure des recettes pour le faire revivre. Mais les gens devaient aussi oublier l'avenir, le présent, la réalité et les différences. Plus rien ne comptait que la peur et les traditions, et cette soif insensée de propagation. Contrairement à l'écrasante majorité des territoires de la Nouvelle Ère, Hestia ne s'était pas laissé gagner par la phobie de la démographie. La procréation était même encouragée, et c'était là sa plus grande force. Beaucoup étaient prêts à accepter les folles restrictions inventées à la hâte tout autour du globe, mais les attaques contre le droit sacré à la division cellulaire étaient loin de séduire les foules. Où auraient pu aller tous les pestiférés de l'ancien monde de toute façon ? Hestia leur tendait les bras quand les autres regardaient ailleurs. Qu'auraient-ils dû demander de plus ?

Les parents d'Aïda-Ann s'étaient laissé convaincre, à cinq reprises, mais ils n'avaient pas réussi à convaincre Aïda-Ann. Petite, déjà, l'envie lui prenait sans prévenir d'arracher l'informe uniforme bleu, que tous les Hestiens en âge de marcher se devaient de porter en public. Ses parents devaient alors lui courir après en tous sens pour lui éviter de s'attirer des ennuis. Les punitions, les récompenses, les menaces, rien ne semblait l'encourager à rentrer dans le rang. En grandissant, elle avait toutefois bien compris qu'elle était la seule à souffrir de ses modestes affronts. Sa famille peut-être aussi. Mais le Pouvoir qu'elle pensait combattre se faisait un plaisir de se nourrir des rebelles de pacotille dans son genre. Enfant, elle se le figurait telle une bête insatiable tapie dans les moindres recoins d'Hestia, derrière les regards masqués de ses serviteurs et l'apparente harmonie des gestes quotidiens.

La vie de tout le pays était réglée comme le papier d'une musique qui avait depuis longtemps cessé de résonner. Toute forme d'art était prohibée. Seuls les innombrables chants liturgiques étaient diffusés sur les ondes publiques, et les bibliothèques n'exhibaient plus que des ouvrages didactiques strictement contrôlés par le Pouvoir. La pensée n'avait pas sa place à Hestia. L'espace était entièrement occupé par les rituels sans fin et la recherche illusoire d'une parfaite communion. De l'avis de tous, la fraternité salvatrice ne pouvait commencer que par un réveil en phase avec le soleil, un bain purificateur à l'eau froide et une prière personnelle chronométrée, aux thèmes imposés par des émissions de radio omniprésentes. Et puis, il y avait le travail. Les postes étaient assignés de manière arbitraire par les factions de quartier, qui se faisaient un malin plaisir à assoir leurs miettes d'autorité sur la soumission sans faille de leurs compatriotes. Les parents ne travaillaient qu'à mi-temps, en alternance, pour s'assurer de la parfaite conformité du foyer entre deux visites intempestives des gardes de l'Inspection domestique. Dans le décor austère des appartements hestiens, l'hygiène, l'absence d'ornements, les jouets et les ustensiles de cuisine étaient régulièrement passés au crible afin de détecter tout signe d'infiltration des Démons de la modernité et de la pensée individuelle. Les parents d'Aïda-Ann devaient continuellement débusquer les dessins profanes que leur fille cachait dans les moindres recoins de la maison.

Dès la naissance de son premier frère, elle se montra difficile et jalouse. Elle n'avait pas deux ans, mais l'espace semblait déjà lui paraitre trop exigu pour être partagé. Sa mère tenta désespérément d'éveiller ses sentiments protecteurs en lui offrant un chaton d'un gris soyeux aux yeux de biche, mais la pauvre bête disparut mystérieusement à coups de pied dans les flancs. L'arrivée rapprochée de ses deux sœurs, qui l'obligea à partager sa chambre, fut loin d'adoucir son caractère indépendant et impétueux. Les grincements de dents de l'ainée lui donnaient des sueurs froides. L'autre était en permanence habitée de rêves agités et bavards. Aïda-Ann craignait tant de se compromettre dans son sommeil qu'elle ne parvenait à fermer l'œil qu'au milieu de la nuit et avait pris l'habitude de se réveiller avant toute la maisonnée. Elle aurait bien pu se faire à ces bruits irritants, à ces odeurs âcres d'ognon et de transpiration. Mais la laideur, elle n'aurait jamais pu s'y faire. Elle n'avait que peu de points de comparaison pourtant. Sa mère, quelques voisines, les illustrations sommaires des livres scolaires et religieux. Plus que ses yeux, c'était son instinct qui lui dictait l'orgueil de sa propre beauté, et elle n'avait jamais supporté de le voir contrarié. Qu'avait-elle d'autre pour se distinguer elle-même de la masse informe qui cherchait à l'engloutir ? Ses sœurs étaient hideuses, tout comme sa chambre sans couleurs, sa maison sans charme, son école sans éducation et ce monde astringent qui l'asphyxiait. Ses sœurs étaient hideuses parce qu'elles ressemblaient à Hestia, et elle se retenait chaque jour de ne pas écraser ses proches de tout le poids qu'ils faisaient peser sur ses épaules desséchées.

Seul le benjamin, Eli-Karma, profitait de sa totale indifférence. Il avait le mérite d'être on ne peut plus silencieux et de faire preuve d'une grande indépendance malgré son jeune âge. Contrairement au reste de la fratrie, il ne mendiait pas des gestes d'attention à la moindre occasion. Ses parents, épuisés, le laissaient pendant des heures admirer la vie terne et assommante qui se déroulait à l'extérieur. Regarder le même film chaque jour ne semblait pas le déranger le moins du monde. Il finissait inlassablement par s'endormir. Lui aussi ressemblait à Hestia, mais d'une manière si douce et si soumise qu'elle n'avait jamais pu lui en vouloir. Il se fondait déjà à merveille dans le paysage. Les gens qui se débattaient sans même s'en rendre compte la dégoutaient, mais comment aurait-elle pu en vouloir à un banal élément du décor ? Rien ne lui manquait. Il était juste là. Eli-Karma ressemblait simplement à Hestia dans toute la monotonie abrutissante de son quotidien.

Chaque demi-journée de travail était interrompue par des activités d'équipe diverses et une messe collaborative, à laquelle chacun était obligé de participer de son plein gré, à coups de discours en phase avec les objectifs productifs du moment. Les jeunes en attente de mariage et les couples sans enfants déjeunaient ensemble dans de grands réfectoires, alors que les parents rejoignaient leur foyer avant d'échanger leurs rôles. Les unions étaient arbitrées par le Pouvoir, selon des critères génétiques et culturels flous, et les époux disposaient de quarante périodes d'ovulation pleines pour prouver leur compatibilité. En cas d'infertilité, le ménage était dissout et les conjoints replacés. Hestia ne plaisantait pas avec la fécondité. Elle était un signe des Dieux et devait prévaloir à toute autre considération. Les Hestiens qui se montraient incapables de procréer après trois mariages étaient couverts d'opprobre et rejetés de tous. Beaucoup disparaissaient dans l'indifférence générale. Il faut dire que si le Pouvoir n'avait pas découragé les naissances, il avait toujours usé d'une méthode radicale pour éviter la surpopulation.

Aïda-Ann grandit d'un seul coup le jour où elle assista à sa première exécution publique. Ses parents l'avaient trainée à cette célébration pour lui faire perdre l'envie de désobéir à chaque occasion qui se présentait. La perspective de la décapitation lui faisait horreur. Non tant à l'idée de voir une tête ensanglantée rouler à ses pieds, mais plutôt par dégout de tous ces spectres bleus agglutinés pour s'abreuver d'un plus grand malheur que le leur. Ou peut-être l'enviaient-ils en secret ce violeur, ce voleur ou cet assassin qui pourrait bientôt mettre fin au supplice de son existence insipide. Au moins aura-t-il eu un petit moment d'excitation avant de retourner à son néant. La réalité avait dépassé les craintes de l'adolescente. La chaleur écrasante donnait vie à la puanteur qui s'échappait des uniformes. Parmi la foule compacte, on ne distinguait aucun corps, aucun visage, à peine quelques yeux fuyants dissimulés derrière un fin voile d'organza et d'ignorance. Les remous de la masse presque liquide lui donnaient déjà la nausée alors que le condamné n'avait pas encore fait son apparition. Les marchands de sucreries se faufilaient dans le flot avec leur adresse habituelle. Aïda-Ann était si dégoutée qu'elle n'eut même pas à cœur de dérober quelques friandises, qu'elle aurait pourtant pu facilement se procurer dans la cohue.

Soudain, le vacarme s'estompa et l'ordre revint. Tels des tournesols, les badauds se tournèrent vers l'estrade et admirèrent le prisonnier dans toute la splendeur de sa décomposition. Aïda-Ann se força à fixer son regard sur la scène malgré son écœurement. L'homme était petit et décharné, ses cheveux gras et sa barbe naissante faisaient ressortir la vacuité de sa cavité buccale. Il se mit à pleurer, à gémir, à supplier, tandis que les gardes le poussaient sous les cris de la foule vers le couperet qui attendait de lui dévorer la tête. La morve coulait à flots de son nez tuméfié. Ses yeux rouges et ses mains ensanglantées priaient encore pour un miracle improbable lorsque la lame s'abattit sur son cou. Le public riait, des enfants levaient leurs masques pour vomir sur les bottines bleu nuit de leur mère, de leur père, de l'inconnu qui se tenait à leurs côtés. Aïda-Ann se retint d'en faire de même et se jura, en évitant les rigoles de sang gluant, qu'elle quitterait Hestia avant que le pays ne déteigne sur sa beauté. Après, il serait trop tard. Cet homme sans dents, sans couleurs et maintenant sans corps, avait peut-être été beau lui aussi. Peut-être avait-il été comme elle. Mais qui aurait pu encore le soupçonner au milieu de ces lambeaux de chair déjà rongés par les rats ? Au cours de ces quelques minutes, la bête insatiable s'était transformée en petit Dieu sadique, friand de la souffrance des plus faibles, et si elle ne pouvait espérer le combattre, elle comptait bien parvenir à s'élever à son niveau, quitte à se fondre dans cette mare de sainteté qui lui donnait la nausée.

À l'école, elle passait ses journées à ruminer des plans aussi rocambolesques que sa méconnaissance des rouages du pays. Loin de la desservir, cette inattention nouvelle réconfortait son entourage. Avant cet épisode, Aïda-Ann brillait trop dans cet environnement terne. Ses proches en avaient la migraine. Ses parents virent donc dans ce revirement un signe que leur stratégie avait fonctionné à merveille et que leur fille était si terrifiée de finir décapitée sur la place publique qu'elle avait enfin accepté de rentrer dans le rang de l'insignifiance. Quel soulagement ! Bien sûr, Hestia avait aussi besoin d'ingénieurs, de professeurs, de médecins. Le pays n'était pas retourné à l'âge de fer après le Grand Effondrement. Mais même si le Pouvoir se targuait d'attribuer les charges des citoyens uniquement en fonction de leur mérite, il n'était pas vu d'un bon œil que les jeunes filles s'acharnent à mesurer leurs mérites à ceux de leurs camarades masculins.

Au début de la Nouvelle Ère, il avait en effet fallu contenter tout autant les défenseurs d'une égalité de façade entrée dans la tradition des anciennes « terres du Nord » que les gardiens d'une vision plus sexuée de la répartition des rôles. L'hypocrisie s'était ainsi naturellement imposée comme la solution la plus efficace pour allier le meilleur des deux mondes. Dans son rêche costume de parfaite Hestienne, Aïda-Ann fit donc des efforts considérables pour cacher ses facultés et se fondre dans le moule qui était destiné à ce que l'on nommait « ses semblables ». Aïda-Ann n'avait jamais noté aucune ressemblance, mais l'imitation ne lui posa pas de difficultés majeures. Oubliés les exploits en science, génie agricole et dextérité technique. Pour se dissoudre dans la masse, elle voua les restes de son attention aux cours de tradition culinaire et gestion d'intérieur.

Ses nouveaux centres d'intérêt lui offraient tout loisir de mettre à profit son sens de l'observation hors du commun dans un pays où il n'y avait rien à observer. Elle découvrit, non sans étonnement, que même les uniformes les plus stricts laissaient deviner des bribes de personnalité à qui voulait les voir. Elle réalisa ainsi que, sous son ample tunique, Maitresse Ava-Hayat semblait, par endroits, être faite de lignes et de coins qui s'accordaient mal avec ses doigts boudinés dans des gants rapidement devenus trop petits malgré le récent réassort de l'ensemble du quartier. La discrétion d'Aïda-Ann et le charme dont elle savait faire preuve à l'occasion lui permirent vite de lever le mystère sur ce voile géométrique : la douce Ava-Hayat appréciait de toute évidence d'agrémenter ses fréquentes pauses ablutoires de denrées illicites. L'adolescente trouverait certainement un moyen de mettre à profit cet innocent péché, mais il était peu probable que l'information ait assez de poids pour l'aider à sortir de son trou à rats. Le salut lui vint plutôt d'une révélation des plus inattendues concernant Maîtresse Éléonor-Isana, pourtant précédée d'une réputation sans tache. Sa sévérité et son ascétisme la plaçaient au-dessus de tout soupçon. Aïda-Ann en resta donc abasourdie lorsqu'elle constata qu'elle fricotait avec des gens peu recommandables, un homme qui plus est.

Dans sa précision chirurgicale, après avoir essuyé de nombreuses déceptions en tentant de découvrir les petits secrets des adultes qui l'entouraient, elle s'était mise à suivre chacun d'entre eux à intervalles réguliers. L'entreprise n'était pas sans risques, mais qu'est-ce qui l'était ? Et après des mois d'insuccès, voilà qu'elle tombait par hasard sur une pépite qui lui vaudrait peut-être sa liberté. Il lui fallut encore de longues semaines de surveillance et de persévérance avant de recueillir toutes les informations dont elle aurait besoin pour faire pression sur son enseignante. L'homme qu'elle rencontrait sporadiquement et devant lequel elle se dénudait à l'occasion s'appelait Jean-Ananda, un trafiquant notoire que le Pouvoir semblait ignorer à dessein. Il faut dire que le pays ne serait pas allé bien loin à cette époque s'il n'avait profité de ces criminels insignifiants qui faisaient passer des produits interdits des deux côtés de la frontière et alimentaient les campagnes de purge chaque fois que la ferveur locale paraissait flancher. Maitresse Éléonor-Isana lui achetait des livres, des médicaments pour ses migraines, des sucreries et des nouvelles de l'étranger. Elle serait donc sa porte vers un autre monde.

Le rituel quotidien se terminait inlassablement par une méditation collective suivie de travaux d'intérêt général visant à encourager la solidarité entre les habitants du quartier. Malgré l'absence d'outils de communication modernes et de réseaux d'information accessibles à tous, ces moments de convivialité essentiels à l'apparente unité de la communauté étaient scrutés par des milliers de caméras tapies dans tous les recoins de l'espace public et privé. Mais les pires machines-espionnes d'Hestia se cachaient dans le regard des citoyens avides de reconnaissance, prêts à accuser le moindre faux pas d'autrui, sans jamais s'abaisser à questionner leurs propres travers. Il était très difficile d'échapper à cette surveillance constante sans attirer l'attention des inquisiteurs. Il fallait se créer des habitudes, se parer de toutes les vertus, rendre de menus services pour que les plus suspicieux détournent les yeux. À l'image d'Eli-Karma, il fallait se fondre totalement dans le décor pour ne plus être perçu comme une menace.

Aïda-Ann détestait son nouveau costume d'intégrité. Elle usa de toute sa patience pour se plier à une routine parfaite, qui la rapprocherait, le moment venu, de Jean-Ananda et de la libération. À force d'indifférence, elle finit par rassembler suffisamment de courage pour confronter l'enseignante hors-la-loi. Elle aurait aussi pu s'adresser directement à Jean-Ananda, mais elle avait bien trop peur qu'il ne la supprime discrètement ou ne la dénonce par crainte d'être confondu. Elle passa donc par Éléonor-Isana, qui tourna un instant de l'œil quand elle se sentit mise à nu. Elle laissa même échapper une larme derrière son voile, Aïda-Ann en était presque certaine. Elle fut ainsi introduite auprès de Jean-Ananda, qui ne tarda pas à s'introduire en elle en guise de paiement pour ses précieux services.

Tout commença par de discrets chapardages dans les recoins isolés de la maison ou de l'école. Ces maigres larcins lui procurèrent le luxe d'avoir son propre lit, débarrassée des grincements de dents insoutenables de sa sœur. Aïda-Ann n'eut guère de remords quand elle réalisa, au petit matin, que la triple dose de somnifères avait plongé sa cadette dans un sommeil éternel. Au moins, elle pouvait dormir ! Elle s'enfonça alors dans un cercle de petits plaisirs éphémères. Les vols se firent plus évidents. Qu'aurait-elle pu faire ? Était-ce sa main à elle qui aurait dû y passer avec le reste de ses espoirs de quitter un jour cet enfer ? Dans la famille, ils ne furent bientôt plus que trois enfants. Amputé d'un avant-bras, le frère aîné avait été envoyé dans une maison de redressement après l'accusation de sa sœur, qui jurait avec une assurance glaçante l'avoir vu dérober quelque ustensile de cuisine disparu. Il n'avait pas survécu aux méthodes opaques et aux élans d'affection divine de ses geôliers. Il s'était pendu à un drap, déshonorant sa famille jusqu'au dernier souffle.

L'affaire était devenue trop sérieuse, et Jean-Ananda ne tarda pas à exiger plus de dévouement de la part d'Aïda-Ann. Elle découvrit bientôt avec écœurement son odeur de graisse et de gibier, la saveur baignée de dents pourries de sa salive et la moiteur âpre de son sexe, qui lui fit penser à un champignon défraichi. Elle voulait tout voir, car elle savait d'instinct que ce cirque était voué à se reproduire, encore et encore, et qu'elle pourrait mettre à profit la moindre grimace de son bienfaiteur. Elle voulait tout voir, mais elle ne put s'empêcher de fermer les yeux lorsqu'elle aperçut ses traits se déformer. Seul son cri rauque empli de promesses et de désespoir déchira un instant le silence.

Il avait d'abord découvert ses jambes, puis il avait été subjugué par son ventre, inexorablement attiré vers ses seins. L'appétit de la nouveauté n'y pouvant plus, il lui ôta un jour son voile et tomba irrémédiablement sous le charme innocent et angélique d'Aïda-Ann, qui lui sourit alors de toutes ses forces. Elle en avait la certitude : cet homme ferait désormais n'importe quoi pour apercevoir ses beaux yeux. Car les yeux étaient rares à Hestia. Les invisibles étaient faciles à confondre et difficiles à identifier. Tant que votre apparence était floue, il restait possible de nier toute compromission ou d'invoquer une honorable méprise. Jean-Ananda s'en moquait, il aimait les visages et il était suffisamment connu pour ne pas avoir à se cacher. Et il en avait vu, des visages, mais aucun n'égalait la beauté de celui d'Aïda-Ann, et il réalisa à cet instant que l'occasion ne se représenterait jamais plus sous d'autres traits. De son côté, Aïda-Ann avait gardé sa dernière carte aussi longtemps qu'elle avait pu, mais elle avait toujours su qu'elle devrait la jouer un jour ou l'autre. Si elle n'en faisait pas bon usage, elle ne sortirait jamais d'ici. Contre toute attente, sa délivrance vint d'elle-même, apportée sur un plateau par celui qui aurait rêvé qu'elle reste à jamais sous son joug. Jean-Ananda aurait fait n'importe quoi pour entrevoir, pendant une seconde seulement, de la gratitude, peut-être même un peu d'amour, dans les yeux de sa maitresse. Aïda-Ann n'avait pas d'amour à donner, mais elle s'était montrée reconnaissante lorsqu'il lui avait parlé de Calypso. Il s'était plongé dans son regard vide et son corps nu autant qu'il avait pu, puis il l'avait aidée à organiser sa fuite. Certaines nuits, il rêvait qu'elle décidait de rester à ses côtés. Des rêves, Hestia en était plein. Pour survivre, il suffisait d'accepter qu'ils ne se réaliseraient jamais. Ceux qui ne parvenaient pas à se résigner finissaient sur l'échafaud ou dans les mythes de ces combattants intrépides partis prêcher la bonne parole dans des contrées profanes. On ne pouvait tout de même pas envoyer tout le monde à la potence ! Mais on pouvait bien laisser filer quelques indésirables pour alimenter les récits de propagande et offrir des miettes d'héroïsme à qui en ressentait le besoin. En réalité, peu passaient les frontières, mais qui se souciait vraiment du sort des brigands et des guerriers ?

Les jours de repos étaient définis en fonction des quartiers. Ce calendrier, bien que peu orthodoxe, permettait au Pouvoir de mieux contrôler les activités des citoyens pendant leur temps de loisirs et d'organiser plus aisément les entretiens mensuels collectifs, un jeu auquel tous les Hestiens devaient participer. Chaque année un « entretien individuel spécial » faisait également office de bougies d'anniversaire. Les habitants devaient alors se soumettre à un interrogatoire poussé afin de prouver leur foi et leur dévouement aux autorités compétentes. Et quand la pression démographique se faisait trop étouffante, il n'était pas rare que les forces publiques fassent usage de la torture. Hestia n'avait pas les moyens de nourrir et de surveiller toute sa progéniture. La décapitation valait bien d'autres méthodes !

Quoique ponctués de prières, les jours chômés laissaient aux Hestiens suffisamment de temps pour s'adonner à leurs sports favoris, organiser des évènements de voisinage, se retrouver dans les quelques cafés du centre. C'était aussi l'occasion de réunir des quartiers entiers autour d'exécutions publiques particulièrement importantes. Toutes les condamnations à mort ne passionnaient pas les foules, mais le Pouvoir avait sans aucun doute le don de se mettre en spectacle lorsqu'il sentait que la foi de ses sujets avait besoin d'être ravivée. Les citoyens y emmenaient leurs enfants, leur achetaient des sucreries pour les faire patienter pendant les longs discours enflammés qui précédaient la sanction. Listes de méfaits, appels à la ferveur, tout était bon pour faire crier le public à l'unisson et remémorer aux esprits vagabonds les dangers de l'hérésie. Les moments de repos étaient des moments de liesse. Malgré une surveillance permanente et un strict contrôle des activités proposées, on pouvait sentir dans les rues parfois trempées de sang le bonheur simple des loisirs en famille, des conversations entre amis et des commérages de voisinage.

Au cours d'une de ces journées, Aïda-Ann parvint à s'extirper de la scène pour mettre au point les derniers détails de sa fuite. Jean-Ananda lui avait succinctement présenté Calypso, « un monde de beauté, de paix et d'harmonie, où chacun est maitre de son destin ; le seul pays de la planète à accueillir des réfugiés méritants, prêts à tout abandonner pour une vie meilleure ». Aïda-Ann n'avait aucune idée de ce qu'il entendait par là. Après tout, Hestia aussi s'enorgueillissait d'être « une terre de beauté, de paix et d'harmonie ». Jusqu'ici, ces qualificatifs ne lui avaient rien apporté de bon, mais tout vaudrait sans doute mieux que son misérable quotidien sans fin, et elle n'avait plus vraiment le choix. Cette nuit-là, il serait temps pour elle de fuir vers une nouvelle vie.

Le plan était clair : préparer le diner ; ajouter les somnifères au dernier moment — ne pas oublier de mettre une portion de côté pour rester éveillée ; aller se coucher ; attendre que tout le monde dorme sur ses deux oreilles ; filer en respectant à la lettre l'itinéraire prévu par Jean-Ananda, qui avait pu se procurer le planning des factions du quartier, et le retrouver au point de rendez-vous pour « l'extraction ». Tout était joué, à part tout ce qui ne dépendait pas d'elle. Sa sœur ne se sentait pas bien ce soir-là et toucha à peine à son assiette avant de se mettre au lit, sans même faire sa dernière prière. Cela ne lui ressemblait pas, mais elle dormait toujours d'un sommeil si profond, si agité, qu'Aïda-Ann ne s'inquiéta pas qu'elle puisse se réveiller. Ses parents se couchèrent tôt, étonnamment épuisés après cette journée trop ensoleillée pour la saison. Et le moment venu, Aïda-Ann se faufila hors des draps, enfila son uniforme et se dirigea vers la porte. Mais sa sœur se réveilla. Elle se mit à gigoter, à gémir, puis lorsqu'elle réalisa que l'ombre qui se profilait dans sa chambre n'était pas issue de son esprit engourdi, elle se figea et prit une grande inspiration. La main sur sa bouche, Aïda-Ann l'empêcha de crier et se découvrit le visage pour la rassurer. Mais sa sœur ne pouvait pas comprendre. Elle voulait parler, savoir, accuser. Elle voulait être un exemple, un héros. Être applaudie par tout le voisinage et hors de tout soupçon. Elle voulait être aussi libre qu'elle pouvait se l'imaginer, même si son imagination ne dépassait guère les frontières de son quartier. De toute façon elle n'avait jamais été proche de son ainée. Aïda-Ann lui avait toujours fait peur. Elle ne l'avait pas crue lorsqu'elle avait accusé leur frère. Elle en avait désormais la certitude : c'était Aïda-Ann la voleuse, l'impie. Elle voulut se débattre, mordre la main qui commençait à l'étouffer, mais elle était bien trop faible. Bientôt, sa vue se brouilla et elle cessa de respirer, ses yeux vitreux de résignation plantés dans la mémoire de sa sœur.

Aïda-Ann envisagea un court instant de lui fermer les paupières, mais elle se ravisa. Cet incident pourrait être une aubaine après tout. Un cadavre ne pourrait qu'appuyer la thèse qu'un dégénéré s'était introduit dans la maison pour kidnapper la dernière fille de la famille. Les précédents ne manquaient pas. Sa benjamine était laide et squelettique. Sa santé avait toujours été fragile. Ses parents n'auraient aucun mal à se convaincre et à convaincre le voisinage que les ravisseurs avaient préféré ne pas s'en encombrer. Ils en seraient peut-être même soulagés. Mais pouvait-elle leur laisser le choix ? Que se passerait-il s'ils se réveillaient un peu plus tôt que prévu ? Iraient-ils voir comment leur fille malade se sentait ou attendraient-ils que le soleil commence à se lever ? La réponse n'importait plus vraiment. Alors, elle poussa la porte de leur chambre et observa, un instant, leur sommeil paisible. Elle n'y arriverait pas, pas à main nue. Elle alla chercher un couteau à la cuisine, retourna sur ses pas et enfonça sans hésiter la lame dans le cou de son père. Il bougea à peine, mais un liquide chaud et poisseux affluait déjà autour du manche, tout près de ses doigts. Elle ne pouvait se résigner à retirer l'arme. Il y aurait des éclaboussures partout. Les images de sa première exécution publique lui revinrent comme un éclair. L'odeur du sang, la chaleur, les relents de graisse qui lui parvenaient de la cuisine. Elle s'efforça de reprendre le contrôle de sa respiration, réussit à calmer son rythme cardiaque, sa nausée, sa transpiration. Sa mère s'était débattue, juste un peu, lorsque l'air était venu à lui manquer sous l'oreiller plaqué sur son visage, et Aïda-Ann avait cru son plan tombé aux oubliettes. Elle était déjà en retard et elle ne pouvait se permettre de perdre un temps précieux. Pourquoi ne la laissaient-ils pas partir proprement ? Elle dégoulinait de sueur et, quel que soit le lieu où elle se rendait, elle ferait de toute évidence une très mauvaise première impression à ses hôtes. Avant de sortir, elle s'accorda tout de même un moment pour remettre ses cheveux en ordre, s'arrêtant un instant devant le miroir dans lequel se reflétait le berceau d'Eli-Karma. Son plus jeune frère faisait tellement partie du décor qu'elle l'aurait volontiers oublié là, sous la fenêtre où il passait ses jours et ses nuits. Il ne pleurait jamais, mais sa sœur ne se réveillait jamais non plus. Si pour une fois il se décidait à se faire entendre, cela ne manquerait pas d'alerter le voisinage. Elle le regarda quelques secondes derrière son voile d'organza, lui sourit, et serra son cou de toutes ses forces. Même lorsqu'il ouvrit les yeux, le petit Eli-Karma ne laissa s'échapper aucun son, aucune plainte, aucun reproche. Peut-être avait-il toujours su que la mort serait plus douce que la vie qui l'attendait. C'était en tout cas l'explication qu'avait choisie Aïda-Ann pour se libérer de sa culpabilité.

Parée de bleu nuit, elle referma la porte derrière elle et se précipita vers la liberté, vers un nouveau monde qu'elle rêvait parfait et sans taches. Dans quelques minutes, elle retrouverait Jean-Ananda. Dans quelques heures, elle passerait la frontière et enterrerait ce pays pour toujours. En chemin, elle se répétait ces mots en boucle pour faire taire cette peur tenace qu'Hestia l'avait peut-être à jamais souillée de sa puanteur. Ses nouveaux compatriotes pourraient-ils sentir l'odeur de sang, de transpiration et de graisse dans laquelle elle avait baigné toute sa vie ? Pourrait-elle l'oublier ? Serait-elle capable de briller derrière sa couche de terre et de crasse ? Pour cela, elle était prête à se racheter, à tout prix. Quoi qu'elle fasse, qu'elle les envoie à leur perte, vers le paradis ou vers leur tombe, les gens la remercieraient. Elle serait au cœur de toutes les louanges et son âme pourrait enfin reposer dans un monde de beauté, de paix et d'harmonie.

Gaya

Marine

3 799. 3 799 ! C'est impossible ! Comment j'ai pu perdre… 615 crédits en l'espace d'une nuit ? Je bondis du lit et fuis discrètement dans la salle de bain pour essayer de percer le mystère. Il y a forcément une erreur. Si Brise ouvre les yeux sur cette catastrophe, elle va me tuer. J'ai beau savoir qu'elle désire cet enfant tout autant que moi, par moment ma frustration se transforme en un monstre de reproches l'accusant de ne pas s'investir à fond dans les économies nécessaires pour obtenir l'accréditation Viabilité écologique de la Planification familiale. Sans ça, pas de création de vie, pas de bébé, pas de bonheur. Ça a toujours été clair dans ma tête, je veux un enfant, et voilà que je me retrouve avec moins de crédits qu'elle ! Il faut absolument que je règle ça avant qu'elle ne s'en rende compte.

Historique. C'est bien ça. Hier soir : 4 414, ce matin, 3 799. Motif de l'amputation : « Application rétroactive d'une amende forfaitaire majorée pour violation du Code sanitaire des espaces publics. Décision 4V-3056T, rendue par le Bureau TR26-4 du ministère de l'Écologie et de la Santé publique. » Je ne suis pas plus avancée. Il y a surement une erreur. J'envoie discrètement un message à Tramontane. Je serai absente ce matin, une urgence familiale. Il sera toujours temps d'inventer une excuse crédible en chemin.

« Qu'est-ce que tu fous là depuis une heure ? Ne me dis pas que tu fais encore la gueule ! » Brise n'a pas l'air d'humeur joyeuse au réveil, mais comme c'est quand même un peu de ma faute, je ravale mes doutes, mon angoisse et ma frustration, je l'embrasse et je lui souris du mieux que je peux. « Pas du tout, les intestins bouchés, tu sais ce que c'est… Non, je n'ai pas besoin de laxatif, merci ». Qu'est-ce qu'elle peut m'agacer parfois à être si prévenante ! Enfin, c'est bien la plupart du temps, mais pas là. Là, ça ne m'arrange pas. Il faut que je me dépêche si je ne veux pas y passer la journée. Je prétexte une crise au bureau, il sera bien temps d'imaginer un truc sur le chemin du retour. J'attrape une banane, mon sac, mon désir et ma frustration, et je file aussi vite que possible direction le ministère de l'Écologie et de la Santé publique.

Même en arrivant avant l'ouverture, il y a déjà la queue. J'ai monté quatre étages, en ai redescendu deux, parcouru quatre couloirs en long, en large et presque en diagonale avant de trouver au moins dix mines désespérées à côté du Bureau TR26-4. « C'est bien le TR26-4 ? ». Oui de la tête, non madame, je ne vais pas en profiter pour vous passer devant. Ce que les gens peuvent être suspicieux ! Les portes s'ouvrent, expiration de soulagement, un visage jette un coup de lunettes, la porte se referme. Condamnation unanime de l'assistance. On traite vraiment les usagers comme des cultures en serre dans ce pays ! Dix minutes plus tard, le Bureau TR26-4 commence lentement à avaler la file de ventres vides qui l'attend patiemment en guise de petit-déjeuner.

J'ai envie d'aller aux toilettes, mais il est hors de question que je risque de perdre ma place. On ne peut faire confiance à personne dans les couloirs de l'administration publique, et qui sait si je retrouverai mon chemin. Je préfère encore pisser par terre ! Plus que deux personnes. Si je pense à autre chose, ça devrait aller. Les vacances à la mer, non, un café, non plus, la grossesse, pas du tout, le travail, c'est pas mal. Qu'est-ce que j'ai à faire aujourd'hui déjà ?

Quinze ans ! J'ai fait le poireau pendant plus de trois heures pour le plaisir de me faire passer un savon à cause d'une connerie d'adolescente. C'est mort. Même en faisant un régime, en renonçant au voyage et en accumulant les heures d'intérêt général à la création d'énergie, ça va me prendre au moins deux ans pour arriver au bout, soit moins de dix-huit mois avant la date limite pour obtenir l'accréditation et lancer la fécondation. Et c'est sans compter l'allongement des délais administratifs et le nouveau projet de loi pour abaisser l'âge maximum de parentalité. J'ai beau tourner le problème dans tous les sens, c'est trop juste. Je n'ai pas trente-six alternatives : soit j'avoue tout à Brise et je commence doucement à tirer un trait sur le rêve de ma vie, soit je reviens sur ma plus grande promesse de mariage. Ce n'est pas vraiment ce que j'appelle un choix. Bouquet, me voilà !

Après avoir quitté le lugubre bâtiment, je m'engouffre dans une série de ruelles thermiques et débouche dans l'avenue Amazone, toujours intensément fréquentée en milieu de journée. On approche de l'heure du repas, mais je n'ai ni le temps ni l'envie de me légumiser dans une file d'attente pour la deuxième fois de la matinée, d'autant plus qu'aucune de ces flamboyantes échoppes du centre ne propose le moindre snack à moins de dix crédits. Et pour ce prix-là, je ne risque pas d'être rassasiée. Je me fraie un chemin dans la foule, traverse le quartier à toute vitesse pour économiser le ticket de tram et, quelques dizaines de minutes plus tard, me voilà enfin devant la porte de ma hackeuse préférée.

« Marine ! » Elle a l'air surprise. Il faut dire que notre dernière entrevue ne s'est pas terminée de manière idyllique. Je pensais que l'eau avait coulé sous les ponts, mais visiblement pas assez pour faire passer la pilule. Ses yeux ébouriffés semblent me crier de bien vouloir débarrasser le plancher pour la laisser finir sa nuit. Je me lance. « Je suis désolée. Enfin, techniquement, c'est surtout Brise qui a insisté pour que je… mais je suis vraiment désolée. Bien sûr, j'aurais dû te dire que j'étais… mais… et puis c'était trop tard. Enfin, là, je suis dans une merde inimaginable, et j'ai super faim aussi. Tu me laisserais pas entrer ? »

Je ne sais pas si c'est mon sourire pathétique, mes excuses inattendues ou sa bonté sans limites, mais elle finit par ouvrir la porte en soupirant. Après de longues minutes en chiens de faïence, séparées par une cafetière bruyante et une boite de gâteaux rances, elle interrompt le silence d'un « Qu'est-ce qui t'amène ? », dont la lassitude transmet soit une grande fatigue, soit un total désintérêt de ma personne. Mon désespoir penche pour la première option et je me lance dans le récit fébrile de mes aventures matinales. « Voilà. J'ai besoin de manger et de récupérer l'intégralité de mon crédit social d'impact écologique. » Nouveau soupir. Je sais que Bouquet n'a jamais approuvé la mise en place de cette mesure « liberticide ». C'est d'ailleurs en partie ce qui nous a éloignées. J'avais fait campagne pour le « oui », et c'est là que j'avais rencontré Brise. À l'époque, il me semblait aussi que l'unique manière de ne pas reproduire les atrocités du passé était de contraindre tous les récalcitrants réactionnaires à marcher droit. Et puis, devoir accumuler des points pour avoir la possibilité de s'adonner à des activités polluantes, ça ne paraissait pas si terrible. Aujourd'hui, c'est à croire qu'il n'existe plus sur terre que des récalcitrants réactionnaires, et plus une seule activité suffisamment saine pour être gratuite. « Les vêtements, l'électronique, les déplacements, la bouffe, la consommation énergétique, les vacances et maintenant ça ! Jusqu'où ils vont aller comme ça ? Nous buter si notre empreinte carbone dépasse leur seuil à la con ? » Brise a toujours été du genre à exagérer. « Gaya s'est débarrassé des billets et les gens n'ont jamais été aussi misérables. Tu vas voir qu'ils vont relancer la criminalité avec leur politique de tolérance zéro ! » Alors qu'elle débite son argumentaire, son regard semble crier « je te l'avais bien dit », mais elle ne se donne même pas la peine d'user sa salive. Je me justifie quand même. Ce n'est pas le système qui est mauvais, juste l'administration qui a dépassé les bornes. Et cette loi de rétroaction sur les délits vidéo, un vrai cauchemar ! Mais ce n'est pas une raison de jeter le bébé avec l'eau du bain. Elle lève les yeux au ciel. Elle sait que cette conversation est vaine, alors elle se tait. J'aurais peut-être dû apprendre à la fermer moi aussi, au lieu d'essayer de modeler le monde à l'image de ce qui m'arrangeait.

« Quinze ans ! 615 crédits parce que j'ai fumé un joint devant une caméra il y a quinze ans ! » On en éclate de rire à l'unisson. Bouquet n'a pas été inquiétée, pas encore, mais elle va finir par perdre tous ses droits à déplacements et achats superflus à vie s'ils continuent comme ça. Une fois le fou rire et la litanie des souvenirs passés, Bouquet m'annonce une bonne et une mauvaise nouvelle. Je ne déroge pas à la tradition et lui demande de commencer par le plus pénible. Elle acquiesce et m'explique que le système est trop complexe et actualisé trop fréquemment depuis de multiples sources de données pour être durablement altéré. Si je comprends bien toutes les subtilités — ce dont je doute fort — adieu, donc, mes espoirs de voir mes problèmes s'envoler en deux coups de cuillère à pot et de justifier cette trahison envers ma chère et tendre, à qui j'avais juré de ne jamais recontacter son ancienne rivale. Il y a toutefois une bonne nouvelle. Bouquet a développé une réplique parfaite de l'application, qui devrait me permettre de faire croire à Brise que tout va pour le mieux dans le meilleur des mondes en attendant de trouver une vraie solution. Bien évidemment, ce petit jouet n'a guère plus d'utilité que d'éviter les situations gênantes en société — rien n'est raccordé au système central — mais Brise n'y verra que du feu. Avec un peu de chance et de coordination, Bouquet devrait même réussir à tromper momentanément le programme lors de l'entretien préliminaire pour la demande d'accréditation. À ce niveau, les fonctionnaires constituent des dizaines de dossiers par jour ; ils n'ont pas le temps de faire du zèle. Mais concernant la Commission de Viabilité écologique, pas de miracle : je devrai avoir 5 000 points sur mon compte pour que ça passe, ou me tourner vers Brise pour compenser les crédits majorés manquants. Pour le moment en tout cas. Avec d'autres « nihilistes », comme les appellent le gouvernement et les médias, Bouquet travaille en effet à « une solution pour déjouer discrètement le système central », dit-elle à voix basse. Mais jusqu'ici, les résultats n'ont pas été probants.

« C'est tout ce que je peux faire pour l'instant. » Bouquet n'a pas l'air satisfaite — elle a toujours été trop exigeante — mais elle vient littéralement de me faire gagner plusieurs mois de tranquillité. Après quelques réglages, accolades et promesses d'un prochain rendez-vous secret, je me dirige donc le sourire aux lèvres vers le bureau. L'après-midi est déjà avancé, mais il faut bien que je fasse acte de présence pour donner le change et une explication plausible concernant mon absence prolongée. Sur le chemin, ma bonne humeur tourne cependant vite à l'aigre. Les vacances ! Brise va certainement revenir à la charge avec son envie de partir en voyage avant de commencer son nouveau poste. Comme si on pouvait se le permettre. Surtout en ce moment !

Brise

4 414. Marine m'a tellement rabâché son nombre de points hier que j'en ai fait des cauchemars. Je tends la main et sens le vide à côté de moi. Ça fait combien de temps qu'elle ne s'est

pas jetée dans mes bras au lieu de se jeter sur son téléphone avant même d'avoir ouvert les yeux ? Connaitre les bons plans et les réductions du jour pour accumuler le plus de crédits possible en un temps record, plus rien d'autre ne l'intéresse depuis un moment. C'est à peine si elle a accepté d'aller diner dehors pour fêter ma promotion. Elle pourrait au moins se réjouir un peu pour moi, merde ! Gravir les échelons d'In-Roots aussi vite, ce n'est pas donné à tout le monde. Et je ne vais certainement pas m'excuser d'aimer mon travail. J'aurai moins de temps libre, certes, mais ce n'est pas avec son salaire qu'on obtiendra l'accréditation Viabilité écologique et qu'on pourra élever décemment notre enfant.

« Qu'est-ce que tu fous là depuis une heure ? Ne me dis pas que tu fais encore la gueule ! ». Comme si je continuais à croire à ses histoires de constipation. À ce rythme, elle aurait déjà dû exploser. J'ai le sang qui bout, les extrémités qui grattent. « Respire ! ». Ce n'est pas le moment de taper une crise. Elle n'a pas l'air fâchée, c'est toujours ça de pris. J'inspire à fond et décide de me jeter à l'eau armée d'un café, mais j'ai à peine le temps de prononcer un son que je la vois se diriger vers la porte, une banane à la main. Va savoir pourquoi elle a le feu aux fesses comme ça, mais au moins, la matinée sera paisible. On pourra toujours aborder le sujet ce soir, si sa journée n'a pas été pas trop pourrie, ou demain, ou ce weekend. Ce weekend, dernier délai. Promis ! Si je ne lance pas les préparatifs dès lundi, ce sera fichu pour les vacances. Une semaine, ce n'est pourtant pas trop demandé après tous nos efforts, après toutes nos disputes. Une fois que le bébé sera là, ce ne sera plus jamais pareil. Parfois, j'ai même l'impression qu'il s'est déjà installé dans un coin, attendant discrètement qu'on soit prêtes à lui laisser toute la place.

L'avenue Amazone est étrangement calme ce matin, et je trouve sans peine un siège de libre dans le tram. Sans doute une campagne promotionnelle dans un quartier périphérique pour désengorger momentanément la principale artère de la région. Je me suis toujours demandé quel pouvait être l'intérêt de déplacer des foules d'un bout à l'autre de la ville, s'il doit tout de même y avoir une foule quelque part. Je ne doute pas que les dirigeants d'InRoots ont de bonnes raisons d'agir de la sorte, mais ces petites aberrations du quotidien ont le don de me rendre folle. J'ai besoin de réponses, n'importe quelles réponses, et je me réjouis à l'idée de bientôt faire partie des initiés.

En arrivant au pied de la gigantesque Tour de contrôle, je contemple l'impressionnante fenêtre de mon futur bureau. 122e étage. Presque au sommet. Chaque matin depuis l'annonce de ma promotion, j'en ai le souffle coupé et mal à la nuque. En attendant, je m'arrête au 73e pour mettre de l'ordre dans le service Contrôle qualité environnementale des objets manufacturés. Il faut dire que depuis l'entrée en vigueur de la loi sur la Rétroactivité du Code sanitaire des activités commerciales, les vérifications, les amendes et les plaintes ne cessent de pleuvoir. Exiger des entreprises et des particuliers de respecter des règles qui n'existent pas encore est certes un peu sévère, mais la pollution générée est bien réelle, et elle ne disparait pas à chaque coup de vent législatif. Ce n'est pas parce que le gouvernement ne peut pas penser à tout que les citoyens doivent échapper à leurs responsabilités. Même au sein d'InRoots, les réticences étaient nombreuses à l'annonce du projet. Les dirigeants de l'organisation ont toujours été très proches du pouvoir politique, et il était hors de question que l'exécutif lance la machine sans être certain que tout serait mis en œuvre pour l'appliquer rapidement. Mais il n'y avait pas foule à l'époque pour prendre les rênes du service et s'assurer que les contrevenants seraient bien poursuivis. Je sais à quel point mon engagement dans cette délicate procédure a contribué à mon avancement, et j'ai bien l'intention de laisser place nette avant de grimper mes 49 étages.

Contrairement à ce matin, le tram et l'avenue Amazone sont bondés à la sortie des bureaux. À choisir, j'aurais préféré l'inverse. « Ne m'attends pas, je vais rentrer tard. Crédits doublés au Centre de création d'énergie. » La froideur de son message m'agace. Ce n'est pas encore ce soir qu'on pourra discuter. Parfois, je me demande si Marine réalise que mon futur salaire rendra toutes ces petites mesquineries totalement inutiles. En quelques mois, je devrais avoir accumulé suffisamment de crédits pour nous permettre de déposer notre dossier, même avec des vacances de luxe, et c'est loin d'être ce que j'ai en tête. Une semaine à la mer, à boire des cocktails et à faire l'amour, sans téléphones et sans cris. Comment peut-elle refuser ça ? Une punition ? Mon ascension fulgurante n'a visiblement pas arrangé les choses en tout cas. Je pensais pourtant que l'idée de la maternité ferait passer son aversion envers mon ambition, mais son bonheur enthousiaste ne s'est pas prolongé jusque-là. La crainte est revenue au galop, et me voilà à payer un acompte de mes futures absences.

De retour à la maison, je profite de mon diner en solitaire pour préparer et budgétiser les vacances. Transport : entre 60 et 140 crédits pour deux. Hôtel pour six jours : entre 120 et 260 selon la catégorie. Nourriture, boissons et excursions : environ 80 à 120 si on ne s'autorise qu'une ou deux petites « folies ». J'ajoute une colonne « Compensation » afin de lui montrer que cela ne me prendra pas plus de quatre mois pour rattraper le retard, pour nous deux. Dans moins d'un an, nos deux comptes seront prêts à affronter la commission, ce qui correspond exactement à notre plan de départ. Et encore, je vois large. L'échéance sera certainement plus proche si Marine continue à écumer les Centres de création d'énergie. Fière de mon tableau, je monte me coucher dans un lit trop froid et des draps trop rêches.

« Marine ! Marine ! ». Je ne sais pas à quelle heure elle est rentrée hier soir, mais pas moyen de la réveiller. J'appelle son bureau — je n'aimerais pas que mes collaborateurs me laissent en plan sans rien dire — et je lui écris un petit mot. Elle sera sans doute d'attaque dans une heure ou deux, mais mieux vaut prévenir que guérir. J'en profite pour préparer le terrain pour ce soir. Elle est rentrée tard toute la semaine ; je ne veux pas qu'elle me file entre les doigts encore une fois. « Ma chérie, ne prévois rien ce soir. J'aimerais vraiment qu'on parle des vacances. PS : J'ai laissé un message à Tramontane pour lui dire que tu étais un peu souffrante et que tu serais sans doute en retard ou absente. Bisous. » Quelques heures après, je reçois un message qui me fait bondir : « Tu n'aurais pas dû te donner cette peine. Me suis réveillée dès ton départ. Empêchement ce soir. Bon plan immanquable. Je t'expliquerai. Bonne journée. » Je vais la tuer ! C'est décidé. Si elle refuse d'aborder le sujet ce weekend, je pars sans elle !

Marine

3 384, soit 4 449 sur la réplique de l'application. Merci Bouquet ! Un tout petit effort, et Brise devrait être trop fière de mes 4 450 crédits pour faire la gueule à son retour. « Ma chérie, ne prévois rien ce soir. J'aimerais vraiment qu'on parle des vacances. PS : J'ai laissé un message à Tramontane pour lui dire que tu étais un peu souffrante et que tu serais sans doute en retard ou absente. Bisous. » J'ai peut-être légèrement exagéré pour éviter ces histoires de voyage, mais tout de même ! Qu'est-ce qu'il lui a pris d'appeler mon bureau ? Je n'ai pas quinze ans ! Je ne pensais pas non plus qu'elle irait jusqu'à partir toute seule, mais je n'ai pas chômé pendant son escapade. Une longue session de pédalage, et à nous les 4 450 crédits !

Après une bonne demi-heure de marche intense, j'arrive enfin au Centre de création d'énergie dans une tenue de sport qui commence sérieusement à bâiller après tant d'efforts et de restrictions. Il me suffit de quelques étages pour trouver plusieurs vélos disponibles. Le samedi matin n'est vraiment pas le moment le plus populaire pour les travaux d'intérêt général. En fin de journée, il faut parfois grimper jusqu'au dernier niveau pour dénicher une place. Et une fois en haut, je suis déjà presque trop fatiguée pour monter en selle ! Le nombre de personnes qui se motivent à pédaler pour le collectif m'étonnera toujours, surtout que plus personne ou presque ne roule à vélo. Quand j'étais plus jeune, les deux-roues non motorisés fusaient dans tous les sens, mais ils ont presque disparu aujourd'hui. Les taxes et les campagnes d'information sur les modes de transport privés ont fonctionné à merveille lorsque les techniques de récupération énergétique individuelles ont commencé à se multiplier. De plus en plus de citoyens « mal intentionnés » s'étaient mis à utiliser des microgénérateurs pour alimenter leurs appareils domestiques et se soustraire à leur contribution électrique. Mais pour le plus grand bonheur des oisifs allergiques à la transpiration, le gouvernement et InRoots ont rapidement repris le contrôle. « La création et la consommation d'énergie sont des choses bien trop précieuses pour les laisser au gré des égoïsmes »… surtout quand ce sont les plus pauvres qui en profitent. Je sue par tous les pores de la peau, mais je ne peux pas me plaindre. Au moins, maintenant, j'ai une solution pratique sous la main pour accumuler des crédits supplémentaires lorsque je suis dans le besoin.

Rien de mieux qu'une courte douche froide pour se revigorer ! J'avale une banane en vitesse en me dirigeant vers la boutique de sport où j'ai acheté la tenue que je portais ce matin. J'ai perdu une bonne taille, mais Brise ne remarquera peut-être rien si j'arrive à trouver à peu près le même modèle. Vu la pollution générée par l'industrie textile, les vêtements ont tendance à tous se ressembler, mais il y a toujours de légères différences en fonction des saisons – la coquetterie est une maladie incurable – et Brise a un œil de lynx pour ces choses-là. Après de longues recherches, je parviens finalement à me procurer un ensemble de travail, un équipement de sport et un pyjama, presque totalement identiques aux miens. J'ai dû puiser dans mes économies, mais Bouquet devrait pouvoir m'aider, et je pourrai retourner au Centre demain matin, avant l'arrivée de Brise.

Bouquet a le sourire, ça me change ! Je ne veux pas me vanter, mais je devine que j'ai mis un peu d'air frais dans son quotidien monotone avec mes histoires. Notre projet avance bien, en tout cas en ce qui concerne l'entretien préliminaire. Avec quelques complices, ils ont déjà effectué un premier test en condition réelle, et les résultats sont stupéfiants ! Les fonctionnaires de niveau 2 ne voient pas plus loin que le reflet de leur écran. Ça la fait rire. Je trouve ça un peu inquiétant que des personnes mal intentionnées puissent si facilement tromper le système – tout le monde n'a pas une bonne raison et une conscience écologique bien placée – mais, de toute évidence, d'autres s'en réjouissent. Pour la Commission, les choses restent particulièrement compliquées, mais à l'allure où j'accumule les crédits, ça ne devrait pas être un problème. Après quelques modifications de l'algorithme afin de compenser mes achats sur la réplique, je rentre enfin à la maison pour une dernière soirée en solitaire.

Le lendemain, rebelote, mais je n'ai jamais été douée pour me cramponner au fil du temps, et mes espoirs me font perdre la notion des minutes qui défilent. « Merde ! Brise ! ». Je lui envoie un message pour qu'elle ne s'agace pas de mon absence. Impossible de prendre le tram ! Il est trop tard pour retourner voir Bouquet, et il est hors de question que je descende sous les 4 450 points ! « Ma chérie. Juste un petit contretemps. J'arrive. J'espère que tout s'est bien passé. Hâte de te retrouver. Bisous. » Ça devrait aller.

Brise

4 450 ! Chaque nuit, je revis dans l'angoisse son arrivée triomphale, tentant de balayer ma colère à coup de chiffres magiques, qui tournoient autour de moi pour m'agripper de leurs dents qui claquent. Chaque matin, je me réveille en sueur, sentant à nouveau le poids de son absence devant mon drapeau blanc.

Au centre balnéaire, j'ai bien mis trois jours à me calmer après le coup tordu de Marine, mais ces vacances en solitaire m'ont finalement fait un bien fou. J'avais hâte de commencer mon nouveau poste, j'étais persuadée que tout allait s'arranger, que Marine porterait bientôt fièrement un joli ventre rond. On oublie trop souvent à quel point sortir de notre routine nous permet de prendre de la hauteur sur notre misère quotidienne, à condition de ne pas nous écraser sur le chemin du retour. « Ma chérie. Juste un petit contretemps. J'arrive. J'espère que tout s'est bien passé. Hâte de te voir. Bisous. » Comment a-t-elle pu me laisser en plan après m'avoir laissée partir seule pour notre dernier voyage en tête à tête ?

Elle a beaucoup maigri, c'est la première chose que j'ai remarquée quand elle a débarqué, le sourire aux lèvres, son téléphone brandi comme un étendard. Elle n'a pas compris mon incompréhension. Je n'ai pas pu accepter son aveuglement. Heureusement, j'ai pu rejoindre mon 122e étage plus tôt que prévu. Je n'aurais pas supporté de la voir me fuir au quotidien pour nourrir son obsession. Le plus drôle, ou peut-être le plus pathétique, c'est qu'entre ma prime de départ et le bonus accordé pour ma prise de fonction, j'ai déjà bien assez de crédits pour nous offrir ce moment de répit dont nous rêvions tant il y a quelques mois. Je l'ai entre les mains, mais je ne dis rien. Rien d'important. Rien qui ne risque de nous projeter dans les 25 prochaines années avec une violence que je ne suis pas certaine d'être prête à supporter. Je ne sais plus. Le désir de Marine était tellement fort que je l'ai fait mien, mais il a fini par nous engloutir. Si elle n'était pas là, la question continuerait-elle à se poser ? Et puis, est-elle encore là ?

J'ai cru un instant que nous pouvions de nouveau parler de ces choses-là, des choses qui raclent et qui frappent, mais on ne résout pas ses problèmes sur un champ de bataille. On ne fait que creuser des tranchées. Entre deux salves, elle m'avoue tout. Je comprends qu'elle a déjà choisi la trahison, le mensonge, la fraude et la dissimulation. La meilleure arme qu'il me reste est sans doute la fuite. Comment a-t-elle pu se réfugier chez Bouquet ? Comment a-t-elle pu nous mettre aussi ouvertement en danger ? Et ma carrière ? Je vois ma vie défiler entre les quatre murs de verre d'un ascenseur qui dévale les 122 étages que j'ai si durement conquis. Je la regarde une dernière fois avec toute la fureur de mes sentiments évanouis, puis je claque la porte.

Marine

5 003. 5 004. Pourquoi je n'arrive pas à m'arrêter ? J'ai beau savoir que tout cela est vain, quels que soient mes efforts, que mes coups de pédales ne me permettront plus de réaliser mon rêve, je continue à alimenter sans relâche le Centre de création d'énergie. À chaque tour de roue, je ressasse nos derniers mois, nos derniers mots. Comment a-t-elle pu partir comme ça ? Comment a-t-elle pu anéantir, en un instant, le projet d'une vie ?

Au fond de moi, j'avais la certitude que cette promotion l'éloignerait de nous. Ses nouvelles rencontres lui arrachaient plus de sourires que mes caresses, ses dossiers plus d'entrain que le quotidien ordinaire et insipide que je lui renvoyais. Son désir d'ascension était tellement fort que j'ai fermé les yeux, mais il a tout de même fini par nous diviser. Que voulait-elle que je fasse d'autre ? Tout le monde ne peut pas être une super star d'InRoots. La plupart des gens ne peuvent tout simplement pas s'offrir le luxe d'être parfaits.

À la sortie du Centre, je déambule vers l'avenue Amazone, toujours vide à cette heure. Avec un peu de chance, elle arrivera à me digérer avant que ma rancœur ne consume tous les rêves qu'il me reste encore.

Vétaris

Elle marche sur des œufs. Aujourd'hui, ce n'est qu'un souvenir lointain, une sensation visqueuse mêlée d'amertume et de gloire qui lui colle aux entrailles, mais ce jour-là, il avait le gout du sang et une insupportable odeur de sulfure d'hydrogène. Dans ce même van qui l'emmène vers la reconnaissance dont elle rêve depuis l'instant où, terrifiée, elle posa timidement son premier orteil à l'orphelinat public de Vétaris, elle s'amuse des moqueries et du mépris que ses camarades osent encore parfois afficher. Bientôt, ils lui témoigneront le respect qu'elle mérite. En apercevant ces mêmes tours qui la menaient alors vers une ferme décadente, elle imagine déjà les applaudissements, l'admiration, la honte, la peur, les mains fières et assurées qui lui remettront la médaille de l'intégrité, et le sourire qui annoncera sa nomination à la tête des Hommes en noir. L'ascension la plus fulgurante de la courte histoire du pays.

Elle observe de nouveau les fermes biologiques qui défilent à perte de vue, de hauts bâtiments translucides de plus de cinquante étages, chacun alimenté par une énorme machinerie de cinq-cents mètres de long qui relie sa tour de fer et de verre aux salles de traitement. Partout, des milliers de petites fourmis s'affairent comme n'importe quel autre jour pour que la mécanique agricole puisse tourner. Des scientifiques, des exploitants, des gardes, et tout au bout de la chaine, dans de gigantesques hangars froids, des ouvriers surveillent sans relâche les produits sortant de la gueule de chacune de ces géantes. Anna n'est jamais entrée dans une salle de traitement. Bientôt, elle sera autorisée à en connaitre tous les rouages. C'est là que l'on traque les Insensibles, ceux de la périphérie, ceux qui sont prêts à tout pour faire taire l'aigreur de leurs entrailles. Pourtant, personne n'ignore que le centre administratif déborde lui aussi de barbares qui pratiquent encore la cruauté en se délectant de matières vivantes, comme des vampires d'un autre âge. Elle sait bien que des personnages influents parviennent à déjouer tous les contrôles de sécurité pour introduire de la viande ou du beurre. Que des cabanes de débauche se terrent çà et là dans les bois, au fin fond des racines tentaculaires de Vétaris. Eux ne risquent rien. Pour le moment. Les porcs, personne ne les questionne encore. Mais elle le fera, elle, pour qu'aucun ne se pense au-dessus des lois, pour que tous s'inclinent sur son passage.

Ce jour-là, elle marchait sur des œufs. Ce n'était pas une métaphore. Elle sentait les coquilles qui craquaient sous ses lourdes semelles de cuir, le liquide visqueux qui s'accrochait à ses chaussures et la puanteur qui commençait déjà à lui soulever le cœur. Elle se pinça les lèvres. N'eût été pour les supplications et les pleurs qu'elle percevait dans une pièce du fond, le pathétique de la situation aurait pu prêter à sourire. Rien ne semblait réel, ni la lumière orangée qui se reflétait sur les épais murs de pierre sans fenêtres, ni les plumes des volailles qui volaient un peu partout à mesure qu'elles échappaient aux membres les plus agiles de la Brigade des Hommes en noir, qui s'acharnaient à les pourchasser. Ils finiraient par les avoir toutes, mais leurs essais ratés, qui les faisaient chuter sur le sol gluant jonché de coquilles et d'excréments, seraient coupés au montage. L'échec rend bien trop humain. Les informations ne montreraient que les arrestations et les cages pleines. Elles omettraient le ridicule et les décapitations ; le Cœur, comme on avait poétiquement rebaptisé le gouvernement, ne savait pas plus que faire du bétail vivant que de toutes ces petites réalités qui encombraient sa ligne morale, politique et médiatique. Il enterrait tout, au plus grand bonheur de tous ceux qui ne voulaient rien voir.

L'atmosphère était étouffante. Pas une fenêtre ne venait aérer cette immense pièce. L'odeur nauséabonde qui commençait à monter du tapis de foin et d'ovalbumine ne trouvait aucune issue. Anna scruta le vaste espace qui l'entourait. Plus un œuf qui n'eût été détruit. Elle pouvait enfin s'éloigner de la scène de crime pour respirer et nettoyer sa tenue. Contrairement aux Hommes en noir, seuls habilités à ôter la vie, elle n'avait le droit de porter ni combinaison ni masque. Elle devrait supporter l'odeur qui imprégnait déjà ses vêtements, ses cheveux, ses pores et bien plus de son être qu'elle n'aurait dû le permettre.

En se dirigeant vers le robinet, elle ne put s'empêcher de tourner les yeux vers une porte entrouverte. C'est là que la brigade spéciale s'occupait de la famille. Quand Anna était plus jeune, on épargnait encore les enfants. C'est de cette manière qu'elle s'était retrouvée à l'orphelinat. Mais avec plus d'un milliard de bouches à nourrir, les nouvelles générations de Vétaris ne voulaient plus faire dans les sentiments et risquer la diffusion des idées et des gènes Insensibles. Elle aurait dû faire comme tout le monde, comme si la pièce était vide, mais elle n'arrivait pas à détourner le regard. Les deux adultes et la petite fille étaient immobiles, à genoux, les yeux rivés au sol. Ils devaient savoir que leurs corps finiraient bientôt par rejoindre les têtes de poulets, les coquilles d'œufs et tous les rebuts qui alimentaient l'écrasante machinerie des fermes biologiques. Pourquoi ne tentaient-ils rien ? Elle voulait les secouer, les réveiller. « Ce ne sont pas tes parents, ce n'est pas toi ! », se répéta-t-elle alors qu'elle s'était figée, suspecte, à la vue de tous. « Ils ne souffriront pas, pas plus que les poulets, ils sont tout aussi répugnants qu'eux. » Par chance, un animal s'échappa, fit chuter son poursuivant avec fracas et sortit Anna de sa torpeur. Elle reprit ses esprits et son chemin. Un peu plus loin, elle se retourna une dernière fois sur cette scène burlesque ; la porte du fond s'était refermée.

À la lumière du jour, un robinet de fortune apparut à son secours. Elle passa son badge sur le capteur pour libérer un mince filet d'eau qui lui fit l'effet d'un torrent. Ses collègues restés à l'extérieur l'interrogèrent d'un regard suspicieux mêlé d'amusement, mais un simple coup d'œil à la voiture suffit à les convaincre que la Source ne serait pas utilisée en vain ; aucun d'eux n'avait envie de supporter cette odeur de mort pendant des semaines, et laver le van constituerait un délit bien plus difficile à occulter. Alors ils acquiescèrent et reprirent leurs conversations. Anna nettoya ses semelles et, feignant de débarrasser ses cheveux d'un résidu tenace, en profita pour se passer de l'eau sur le visage afin d'y effacer la sueur et l'émotion qu'elle n'aurait pas dû ressentir. Ses gestes furent à peine perceptibles. Elle se sécha de sa manche et rejoignit ses camarades de l'Académie près du véhicule.

« Il y en a beaucoup ? » demanda l'un d'eux.

Elle fit un vague signe de la tête.

« Ils ont fait comment ? Ils leur ont anesthésié les cordes vocales ? »

Elle acquiesça encore une fois.

« À toi aussi apparemment ! » plaisanta Beya.

Ses camarades rirent. Beya n'avait jamais eu sa langue dans sa poche, mais elle avait toujours su se faire apprécier de tous ou presque. Elle deviendrait sans aucun doute un Homme en noir, se dit Anna, peut-être leur chef. Elle avait toutes les qualités requises : une foi inébranlable dans les Valeurs de Vétaris, une grande force physique et morale, un don inné pour communiquer avec ses semblables et une ambition qu'elle affichait avec la même fierté que ses exploits à l'Académie.

Anna chercha à tâtons une constance qu'elle n'avait encore jamais réussi à trouver. Son amie Beya, ou du moins celle qu'elle considérait comme telle, avait toujours été son cap. Franche, affirmée, parlant d'une voix assurée. Personne n'aurait osé remettre en cause sa Sensibilité. Alors qu'Anna, l'orpheline aux gènes douteux dont les parents avaient terminé en composte à l'instar des Insensibles du jour, était la cible parfaite de toutes les méfiances. On la suspectait souvent derrière son caractère effacé, certainement même à cause de lui.

Elle aurait tant aimé être un peu plus comme Beya, et un peu moins comme la petite fille craintive qu'elle était restée malgré ses efforts. Ce n'était qu'elle, où est-ce que toute l'assemblée remarquait que ce manège l'avait étourdie au-delà de la puanteur ? Ce n'était peut-être qu'elle, personne ne la regardait, ses camarades de l'Académie avaient tous leurs yeux envieux tournés vers les Hommes en noir qui rejoignaient leurs véhicules, protégés du monde extérieur et des éclaboussures par leurs combinaisons qui ne laissaient rien transparaitre de leurs émotions. Lorsqu'elle serait l'un d'eux, Anna pourrait enfin cesser d'avoir peur.

« Anna ! T'es sûre que t'as pas volé un œuf en passant ? Ça pue là-dedans ! lança l'un de ses jeunes collègues. Les autres s'esclaffèrent.

— Avec tes gènes, t'as peut-être des pulsions incontrôlables, mais on peut aider. Allez, montre-le-nous ton bel œuf tout rond ! Les rires redoublèrent.

— Si y'avait un œuf entier dans cette voiture, ça sentirait rien, bande de demeurés ! » rétorqua sèchement Beya.

Les passagers se turent, fixant soudain leurs chaussures. Tous, sauf Arnaud. Arrogant et grande gueule malgré son manque évident d'intelligence, il pouvait encore moins supporter la supériorité de Beya que l'impureté d'Anna.

— Parce que t'en as senti beaucoup des entiers dans ta vie peut-être ? tenta de répondre Arnaud d'un ton cassant.

— Non, mais j'ai déjà lu un livre. Tu devrais essayer un jour, on y apprend plein de trucs intéressants ! »

Certains des passagers ricanèrent, faiblement, presque en silence. Si Arnaud ne s'était jamais fait respecter pour sa finesse d'esprit, ses poings et son tempérament bagarreur lui avaient permis de conquérir un autre type de considération. Anna releva la tête et regarda le paysage défiler par la fenêtre. La crise était passée, encore une, et les fermes biologiques qui s'étendaient à perte de vue l'aidaient à imaginer un avenir dans lequel elle n'aurait plus à se battre, du moins, pas pour récolter des miettes de dignité de quelques crétins qui lui inspiraient la même nausée que cette insupportable odeur d'œuf pourri.

Cet avenir, elle l'aperçoit au bout de cette route qui lui paraissait interminable alors, juste après les portes de la capitale, juste après cette lente succession de tours, qui ont aujourd'hui cessé de refléter son insignifiance. Dans quelques kilomètres à peine, les idiots de l'Académie baisseront les yeux devant elle au lieu de la juger de leurs sourires qui ne s'essaient même pas à l'hypocrisie, de la condamner de leurs messes basses encore bien trop audibles, de l'exécuter de leurs regards emplis de certitude. Déjà, la nausée commence à la quitter, les frontières de son petit univers s'éclaircissent pour s'étendre bien au-delà de ce qu'elle aurait pu imaginer ce jour-là. Le monde, qui semblait tanguer depuis la fin de cette mission au poulailler, retrouve des contours qu'elle peut saisir, des contours qui ne la laissent pas du mauvais côté du cadre. Bientôt, ce sera elle le juge, ce sera elle le juré, ce sera elle le bourreau, la police, le chef des Hommes en noir.

« Bah alors, tu sors ? », Beya l'appelait. La voiture était vide. Ils s'étaient tous rendus au sous-sol sans qu'elle s'en aperçoive. Elle descendit du véhicule et suivit sa camarade jusqu'au vestiaire. Il était désert. Malgré les efforts du Cœur, l'Académie attirait encore peu de femmes, et à cette heure, la plupart devaient être en train de terminer de déjeuner.

« Merci pour tout à l'heure, prononça timidement Anna.

— Tu devrais leur fermer le bec à ces crétins. C'est toujours un plaisir pour moi, mais ils ne te laisseront jamais tranquille si tu ne les remets pas à leur place toi-même. »

Anna regarda par terre, elle savait que Beya avait raison. Elle ne savait tout simplement pas comment s'y prendre.

« C'est tous des fils à papa. La plupart ont réussi à entrer à l'Académie parce qu'ils connaissent quelqu'un. Toi, tu méritais ta place. Pense à ça la prochaine fois qu'ils te charrient, ça te donnera un peu de confiance.

— Merci, j'essaierai, répondit Anna sans grande conviction. Et toi, comment tu as atterri ici ?

— Moi, ça n'a rien à voir, rétorqua Beya, visiblement offensée. »

Sa camarade ne semblant pas comprendre sa réaction, la jeune femme se radoucit et poursuivit.

« Mon père n'aurait pas bougé le petit doigt pour m'aider à avoir une place à l'Académie. Il était totalement contre. Ma mère est morte quand j'étais enfant. Son corps n'a pas supporté le premier régime de restrictions, comme beaucoup d'autres. Je ne l'ai pas vraiment connue, mais mon père ne s'en est jamais remis. Il a l'air de continuer à penser que je suis faite du même bois que ma mère, alors qu'il est évident que je suis bien plus solide. Jamais malade ! Mais à trop vouloir me protéger, ou plutôt se protéger lui-même, il a fini par oublier que j'étais une personne et pas un bibelot fragile posé dans une vitrine. Bref, j'ai un peu l'impression d'avoir grandi sans parents moi aussi. »

« Moi aussi », les mots de Beya, qui lui serra la main comme si elle la comprenait, comme si elle le pouvait, résonnèrent dans le crâne d'Anna. Comme si elle avait la moindre idée de ce qu'elle avait dû endurer toutes ces années, reflet d'une haine dont elle n'avait fait qu'hériter, orpheline d'Insensibles qui avaient eu le malheur d'élever une portée de volailles. Son amitié la blessa tout à coup, un grand coup de solitude, dur et froid, pris en pleine poitrine. Mais elle sourit. Beya ne pensait pas à mal. Ses dents et sa main se serrèrent, puis dans un soulagement mutuel, la belle jeune femme au regard à peine ému sortit Anna de sa torpeur d'un désinvolte : « Bon, on va déjeuner ? Je meurs de faim, moi ! ».

Dans le vaste réfectoire qui regroupait les différentes sections de l'Académie, Anna fut soudain frappée par l'immensité et la froideur de cette pièce de carrelage blanc. Ses pas résonnaient dans l'ampleur du vide, soulevant un peu plus à chaque choc cet estomac qu'elle sentait déjà monter à ses lèvres. Anna s'assit face à Beya et à quelques retardataires isolés. Lorsqu'il était rempli, ce vide hygiénique avait l'air plus humain, mais en ces heures creuses, même les lieux les plus familiers semblaient avoir perdu tout sens de la réalité. Anna savait qu'elle devait faire un effort, porter cette cuillère à sa bouche, que des gens, ici et ailleurs, ne manqueraient pas de percevoir sa faiblesse. Mais le carrelage continuait à frapper sous ses talons immobiles, les grands carrés blancs se confondaient en une spirale de rien prête à avaler sa troisième dimension. Elle se leva, courut, un peu, comme elle put, en tanguant sur les murs, ouvrit une porte, deux, s'agenouilla, avant de déverser le contenu de son estomac vide dans une cuvette en céramique laiteuse qui s'obstinait à lui renvoyer un reflet qu'elle ne voulait pas voir. Tout se mélangeait, les plumes, les coquilles qui craquent, le sol gluant, la lumière sur les pierres, la porte, l'odeur, les larmes, le sang, les gorges tranchées et ce liquide visqueux, l'odeur encore.

« Putain, Anna, qu'est-ce que t'as ? Faut que tu te reprennes, lui asséna Beya en lui attachant les cheveux.

— C'est rien, j'ai pas dû manger assez, un petit malaise, lui répliqua Anna.

— Arrête, si je ne mords pas, ils n'y croiront pas non plus, rétorqua-t-elle en levant un doigt au ciel. Qu'est-ce qui se passe ? C'est à cause de ce matin ? À cause de tes parents ? »

Anna lui répondit d'un regard mêlé de colère, de surprise et d'effroi.

« J'ai lu ton dossier. Il y avait des photos de leur interpellation. Une sacrée ressemblance avec l'intervention d'aujourd'hui, mais c'était il y a longtemps, faut pas te mettre dans des états pareils. »

Quelle garce hypocrite, pensa Anna ! Beya, la pauvre orpheline de mère qui ne trouve pas de soutien auprès de son dignitaire de papa ! Aucun des élèves de l'Académie n'aurait pu avoir accès à ce dossier. Pas sans un appui haut placé, très haut. Quelle naïveté ! Une amie ! Plutôt une aristocrate qui cherche une bonne œuvre pour déculpabiliser d'être née avec une cuillère en argent dans la bouche ! Et des photos ! Anna n'avait jamais vu de photos. Anna ne savait même pas qu'il y avait des photos. Elle n'avait que ses souvenirs, ténus, timides, contestables, sans réponse, des images qui s'effaçaient un peu plus à chaque souffle. Des photos ! Un jour, elle mettra la main dessus et elles cesseront de la hanter. Mais Anna ne dit rien et continua à écouter sagement la leçon de Beya.

« S'ils voient que ça t'affecte, tu reviendras cinq ans en arrière dans ta carrière, et encore, s'ils te gardent à l'Académie. Tu sais à quel point ils peuvent être paranos.

— C'est bon, ça va maintenant. »

Anna se leva et se dirigea plus assurée vers le réfectoire, suivie de Beya, qui ne la quittait pas des yeux.

Après le repas, tous les participants à la saisie du matin se réunirent pour le débriefing. Tous à l'exception des Hommes en noir. Nul ne pouvait deviner si les visages inexpressifs que l'on voyait à cet instant étaient les mêmes que ceux qu'ils portaient sous leur masque il y a quelques heures. Rectification, peu le savaient, mais tout le monde s'en fichait. Ce n'étaient que des symboles, des allusions de perfection, des iles obscures qui nous permettaient de rester dans la lumière sans nous poser de questions. Anna, elle, sera bien plus qu'un symbole remplaçable, elle sera quelqu'un.

Les images et les mots n'en finissaient pas. Tout était haché, remonté, rescénarisé, retourné pour que le film final ne soit que triomphe. Les poulets qui criaient, les plumes qui volaient, les agents qui tombaient, tout devait disparaitre au profit d'un cliché publicitaire en tout point tourné vers l'ordre et la bientraitance. Les interpellations d'Insensibles et l'épuration des fermes clandestines étaient rarement glorieuses sur le terrain, mais les volailles de studio étaient entrainées à se laisser attraper, caresser, les Hommes en noir à se laisser sourire. Anna n'avait qu'à signer le rapport certifiant l'authenticité du documentaire. Des photos ! Représenteraient-elles ce qu'il s'était véritablement passé ? Serait-elle capable de faire la différence ? Tout cela ne s'était déroulé que ce matin et elle ne savait déjà plus démêler la réalité. La pièce se remit à tourner. Tous ces écrans, ces lumières, ces sourires. Elle signa.

Asphyxiée, Anna se rendit dans la petite forêt végétale du centre d'entrainement, un des seuls espaces verts accessibles aux novices. Elle avait de la chance pourtant, de nombreux Vétarois devaient se contenter des jardins de synthèse et des parcs urbains. Beya était sur ses talons, mais elle ne la remarqua pas, trop occupée à se trouver une respiration qui semblait perdue au-delà de la cime des arbres. Encore aujourd'hui, Anna s'étonne que son univers ait pu basculer si vite, à peine le temps d'un trajet en voiture depuis ces terres reculées et brutales si difficiles à contrôler pour le Cœur, le temps d'un trajet comme celui-ci, celui qui la ramène de la mission qui la fera entrer dans les courts livres d'histoire de Vétaris.

« Arrête ! »

Beya se contenta de lui frôler le bras, mais c'est une vague de torpeur qui la frappa sur-le-champ. Elle se retourna lentement, tentant de retrouver un visage de glace avant que ses yeux ne rencontrent ceux de sa poursuivante.

« Tu me suis ?

— Je voulais être sûre que ça allait, m'excuser pour ce matin. Je n'aurais pas dû mentionner ces photos comme ça. C'était maladroit. »

Tu n'aurais jamais dû les voir, pensa Anna, mais ses lèvres se bornèrent à prononcer :

« Ça va. Je crois pas que ce soit le meilleur endroit pour parler de ça.

— Détrompe-toi, Beya en profita pour reprendre les rênes de la conversation, je connais cet endroit comme ma poche, mieux même. Si on ne parle pas trop fort et qu'on ne bouge pas, on ne peut ni nous voir ni nous entendre. Ils ont interrompu les vols de drones dans la forêt. Ça ne plaisait pas aux insectes et sans eux, pas de vie végétale.

— Pourquoi tu me racontes tout ça ? Je n'ai rien à cacher.

— Ça suffit Anna ! T'arrêtes pas de faire des malaises, tu tires la gueule tout le temps, t'es blanche comme un fantôme. Les autres ne peuvent peut-être pas encore faire la différence, mais je ne suis pas aveugle, je te connais bien. »

Les deux jeunes femmes jouèrent au chat et à la souris un instant, assez longuement pour retrouver la face si jamais elles venaient à se tromper l'une et l'autre. Anna peinait à croire que la scène qui se déroulait devant ses yeux était réelle. Beya, la parfaite recrue, la première de sa division, la fille du préfet, avait tout l'air de vouloir l'entrainer dans un monde qu'elles avaient toutes deux juré d'anéantir. Était-il possible qu'elle ait secrètement rejoint les ennemis de Vétaris, ces idéologues dévoreurs de chair que la génération précédente avait voué tant de temps à décimer ? Était-ce un test ? Une blague douteuse pour la rappeler à ses origines Insensibles ? Une manière de la remettre à sa place, l'orpheline qui osait la talonner dans presque tous les domaines ? Anna se demanda soudain à quel point elle connaissait la femme qui plantait ses yeux transperçants dans son regard. Beya n'aurait eu aucun mal à faire en sorte que sa camarade soit envoyée seule dans le hangar ce matin-là, à suggérer qu'une porte reste ouverte, une porte ouverte sur une famille qui ressemblait tant à son passé. Anna ne flancha pas, mais sa curiosité commençait à la submerger. Elle devait percer le mystère. Elle ne savait pas bien pourquoi. Pour se convaincre que tout ce en quoi elle s'efforçait de croire n'était pas qu'un château de sable ? Pour saisir une opportunité qui ne se représenterait jamais ? Elle voulait partir, faire comme si tout cela n'avait été qu'une blague. Rire et oublier. Mais elle n'avait jamais été douée pour ça, rire et oublier.

Anna se demandera toujours si c'est son silence pétrifié ou les circonstances qui avaient donné à Beya la force d'évoquer cette planque dans la forêt, de lui parler d'une cause qu'elle aurait pu soutenir, peut-être dans une autre vie.

« Tu n'as pas peur que je te dénonce ? » lui asséna alors Anna d'une froideur qui aurait presque fait douter sa compagne une fraction de seconde, mais Beya n'avait jamais été douée pour ça, douter et reculer.

« Je sais que tu ne le feras pas. Tu n'es pas comme eux, tu es bien plus intelligente. Tu vois bien ce qui se passe. Tu ne t'es pas foutu des œillères assez grandes pour ignorer que les trois quarts de la population crèvent de faim pendant qu'ils se gavent tous sur leurs cadavres, planqués derrière leurs jolis discours sur la bientraitance ! »

« Tu n'es pas comme eux, tu es bien plus intelligente. » Elle aurait pu choisir différente, idiote, insensible, cela ne changeait rien. Même son amie n'avait jamais considéré qu'elle était l'une des leurs. Les mots de Beya résonnaient dans son crâne. Elle aurait tout aussi bien pu dire « tu n'es pas comme nous ». Beya, elle, personne n'aurait jamais osé l'exclure. Insensible ou non, elle ferait à jamais partie de Vétaris. Elle aurait même pu appartenir aux deux mondes, personne n'y aurait trouvé à redire. Ceux qui n'ont jamais eu à se justifier n'auront jamais à choisir, ils peuvent bien épouser ce qu'ils sont censés détruire.

Dans la voiture individuelle qui la ramène aujourd'hui vers son triomphe, elle repense à ce chemin qui n'a cessé de changer sa vie, ce trajet depuis les terres barbares, le défilement des tours qui s'ouvriront bientôt devant elle au lieu de chercher à l'engloutir. C'est une route étrange, qui relie les pires usines de confection, si proches des maisonnettes en ruine de leurs travailleurs usés et de l'orphelinat, aux immeubles technologiques les plus grandioses de la capitale. Un itinéraire qui ressemble au cours de son existence.

Après cet échange dans la forêt, elle ne ménagea ni son temps ni ses efforts pour enquêter, fouiller et gagner la confiance de chaque nom, chaque visage qui lui refusait un reflet de respect, un regard d'égalité, un sourire d'amitié. Produits de contrebande, torture animale, commerce illicite de denrées officielles, vol dans les fermes biologiques, distribution alimentaire non autorisée, brochures de propagande dissidente, tout était parfaitement documenté. Malgré la nausée et les spirales de carrelage blanc qui paraissaient la hanter jusque dans son sommeil, malgré ses tempes qui claquaient derrière ses yeux comme le décompte d'une vie qui passe trop vite, elle retranscrit méticuleusement toutes les conversations, toutes les observations, encore incertaine de la place qu'elle aurait à leur trouver. Personne n'aurait pu croire que ce dossier à charge était l'œuvre d'une simple élève de l'Académie.

Les Insensibles étaient soudés, convaincus. Il se dégageait de leur prudence un charme jovial et une gentillesse qui lui avait toujours été étrangère. Mais, quelle que soit leur attitude, elle ne pouvait appartenir à cette cause, pas plus qu'à une autre. Elle devait simplement embrasser un camp, et le Cœur avait bien plus à lui offrir. Dans une autre vie, les ventres vides de Vétaris auraient pu être sa cause. Dans une autre vie, elle aurait peut-être pu se contenter d'être un symbole, une orpheline, la martyre d'un idéal qui l'aurait choisie. Mais elle n'avait jamais voulu qu'une seule chose, exister malgré elle, trouver dans le regard de tous ceux qui l'entouraient cette substance qui lui avait toujours manqué.

Alors elle s'accrocha à sa nausée et à son monde en ellipse, un monde qui semblait tanguer un peu moins depuis que ses investigations avaient pris un sens, celui des héros que le pays lui avait désignés. C'est ce semblant de linéarité qui pava la route qu'elle parcourt aujourd'hui. Le rapport qu'elle présenta quelques mois plus tard aux plus hauts gradés auxquels elle avait pu s'adresser ne comportait aucun nom. Le document mentionnait uniquement une suite de faits et de codes qui, s'ils intriguèrent immédiatement le Cœur, ne reçurent pas l'accueil enthousiaste qu'Anna avait espéré. Ils voulaient des accusés, mais elle craignait trop que les plus importants d'entre eux disparaissent au profit d'opposants réels ou imaginaires dont on voulait se débarrasser. Avant de leur livrer des têtes sur un plateau, elle devait s'assurer qu'elles ne seraient pas remplacées par des personnalités moins embarrassantes aux yeux de la haute société vétaroise. Elle savait que la foule scanderait son nom lorsqu'elle verrait que Beya et quelques autres n'étaient pas plus protégés que les travailleurs agricoles et les ouvriers, que personne ne pourrait plus remettre en cause sa dévotion et freiner son ascension. Elle ne laisserait aucune chance à ses proies de s'échapper dans les méandres d'une administration corrompue.

Elle avait pris tous les risques pour apporter aux dirigeants ce qu'ils ne pourraient plus nier, quelles que soient les coupables. Des images floutées, des voix éraillées, un rendez-vous imminent qui regrouperait tous les principaux dissidents de cette section, à mille lieues des petits Insensibles affamés qu'ils attrapaient d'ordinaire. Les chefs de la brigade étaient réticents à l'idée de lancer une opération sans connaitre les personnes impliquées, mais la tentation était trop forte, et ils ne pouvaient pas se permettre de cacher infiniment ces preuves qui leur tombaient du ciel. Si elles venaient à se répandre sans qu'aucune action n'ait été entreprise, la population ne mettrait pas longtemps à exiger leurs têtes.

Le lendemain, l'équipe d'intervention encercla silencieusement le périmètre et une poignée d'individus masqués entra dans la petite cabane perdue au milieu des arbres. Ce matin, Anna resta près du van à attendre que son cauchemar se termine. Au début, les Hommes en noir ne trouvèrent rien, mais la planque souterraine ne fit illusion que quelques minutes. Très vite, des ombres sortirent du minuscule bâtiment, trainant un groupe d'adolescents pétrifiés et blafards, qui deviendront bientôt les fantômes auxquels ils ressemblaient tant à cet instant.

Sur le chemin qui la ramène vers la capitale, Anna imagine l'annonce des arrestations, les noms et les visages qui inonderont d'un moment à l'autre les écrans de tout Vétaris, l'estrade montée à la hâte, les discours en son honneur. Dans cette confusion, elle trouve enfin le calme fait de certitude qu'elle a tant cherché, une paix qui ne se finance que sur la malhonnêteté d'autrui. Mais, même parée de tous les atours de la compromission, elle ne parviendra pas à sentir ses pores s'intégrer à autre chose qu'à sa chair ou au vide, pas avant son jour de gloire, qui la propulsera à la tête des Hommes en noir.

Éra

[feuillet sans date]

Le jour où j'ai acheté ce cahier, j'ai eu l'intuition qu'elle[1] me fallait laisser quelques pages blanches au début. Je ne savais pas bien pourquoi, mais ça m'est tout de suite apparu comme une évidence. Je pressentais sans doute que les mots que j'allais y inscrire devraient être expliqués, justifiés, disséqués. Je n'avais aucune idée de ce qu'elle allait se passer, mais quelque part, bien au fond de moi, je devais sentir qu'en arrivant au bout de ces lignes, j'aurais besoin d'avoir un léger espoir d'être pardonnée. Pour ce que j'aurai fait et pour la personne que j'étais, sans la savoir, ou sans vouloir la voir. Au fond de moi, bien au fond, je crois que j'avais déjà conscience que l'amour qui dirigeait notre patrie d'une main de fer n'était finalement qu'une dictature d'apparat de plus dans un monde disloqué par son incurable nombrilisme.

---

[1] Si l'utilisation du féminin-neutre peut aujourd'hui surprendre les lecteurs, il était d'usage courant à Éra tout au long de l'ère communautaire. Le texte restant globalement compréhensible, le Comité de recherches historiques a décidé de le conserver en l'état.

Pourtant, tout cela partait d'une belle idée. Des millénaires d'oppression patriarcale n'avaient apporté que souffrance et désolation. Suite aux grandes catastrophes écologiques et aux déplacements de population sans précédent qui avaient frappé l'ensemble du globe, alors que des millions de personnes d'horizons contraires se devaient de cohabiter, nous n'avions d'autre choix que d'imposer une nouvelle norme, plus humaine, plus sensible, plus solidaire. Tout ce que le vieux monde n'était pas.

Je n'étais pas encore née, mais je me représente cette époque comme si je l'avais connue. Les conflits communautaires, les guerres, la méfiance à tous les coins de rue. Chaque mot, chaque geste pouvait être le dernier si l'on décidait qu'il était hostile et, malgré nos efforts, je commence à croire que nous en sommes encore là.

Après le Grand Effondrement, nous avons choisi de tout faire différemment. Comme beaucoup d'autres avant et après moi, je me suis senti l'âme d'une pionnière quand j'ai apporté ma première pierre à cette Nouvelle Ère que je rêvais meilleure. Un monde fondé sur des principes protecteurs et bienveillants, à mille lieues de ce que les hommes avaient construit jusqu'ici. L'individualisme, la compétition seraient absentes de notre modèle social. L'avenir de l'humanité serait bon, il serait profondément féminin. Nous nous devions de réussir à faire les choses différemment, de parvenir à faire mieux. La critique a été interdite pour le bien de toutes. La reconnaissance, la beauté sont devenues un droit. Les louanges et la gentillesse, un devoir.

« Toutes pour une, et une pour toutes. » Le slogan que nous scandions à tort et à travers partait d'un noble sentiment, dans lequel j'avais placé toute ma foi depuis mon plus jeune âge. Le réveil a été brutal. C'est pour cela que je devais commencer par là, par le début. Je la comprends maintenant. Pour ne pas oublier que tout ce que nous avons fait, et tout ce qui nous attend encore, a pu un jour reposer sur un idéal. Sans cela, les pages qui suivent n'ont aucun sens. Et peut-être n'en auront-elles jamais.

[11 novembre]

Un journal. Quelle drôle d'idée. Qu'est-ce qu'on écrit dans un journal ? Sa journée ? Quel intérêt ? Ce qui dans une journée ne ressemble à aucune autre ? Je ne suis pas près de terminer ce cahier. Des horreurs ? Ce que je crève de faire sans pouvoir en parler ? Des sentiments, comme ces pleureuses des groupes de régénération énergétique féminins que je déteste tant ? Des mots ?

« Si t'arrives pas à écrire trois phrases sans faire dix fautes, tu devrais peut-être songer à changer de métier ! Et puis, tu pourrais pas arrêter de bouffer la bouche ouverte toutes les trente secondes, ou faire du sport, ou au moins nous épargner la vue de tes bourrelets qui gigotent quand tu ricanes avec ton rouge de pétasse qui s'étale sur tes dents ? »

Des mots, des sentiments, des horreurs, un bon résumé de ma journée « pas comme les autres ».

Bien sûr, quand ces paroles se sont échappées de ma bouche, Inoa s'est mise à dégouliner comme une madeleine, et les collègues l'ont relevée de tout leur appui tout aussi dégoulinant.

Dégouliner : couler lentement ou abondamment, tomber, goutter, s'écouler.

Je suis restée là, dans la salle de réunion, à rêver que je lustrais mes chaussures dans une flaque d'Inoa.

Béa m'a attrapée par le bras et m'a trainée hors de la pièce.

— Ça va pas ! Qu'est-ce qui t'a pris ? C'est pas comme ça que tu vas devenir rédac-cheffe. À un mois des nominations officielles. Tu fais chier ! Je vais tâcher de limiter la casse, mais toi, mets-la en sourdine, fais-toi oublier. Trouve quelque chose pour te défouler, mais pas ici, et surtout pas sur cette gamine. Je sais pas moi, essaie la course, écris un journal, suis des cours de théâtre. Non. Oublie le théâtre, trop dangereux. Si tu te détends trop et que tu nous sors des trucs pareils à tout bout de champ, on n'est pas dans la merde ! Écris un journal. C'est bien un journal. Tu m'écoutes ?

Apparemment oui, mais je ne pouvais pas répondre. J'étais littéralement hypnotisée par les tranches d'Inoa qui s'écoulaient à travers les stores californiens. Puis les rideaux se sont fermés, et j'ai retrouvé mes esprits.

— Oui, un journal. T'as raison.

Je ne vois toujours pas en quoi ça va m'aider à arrêter d'avoir envie de liquéfier Inoa, mais je lui ai promis d'essayer et je n'ai pas d'autre idée. Je déteste courir.

Inoa : nouvelle protégée de l'actionnaire principale du magazine.

À longueur de semaine, je relis, corrige, reprends, raie, réécris, et lorsque le papier publié est applaudi par une audience crasse d'hypocrisie, elle sourit comme une pintade, fière comme un paon d'avoir son nom au bas d'une page dont elle ne reste plus aucun de ses mots. « Bravo, ma chérie. Tu iras loin. » Mon cul ! Combien de fois ai-je voulu lui jeter ses feuilles au visage en la priant instamment de changer de voie professionnelle ? Mais je me suis tue, comme tout le monde, à l'image de ce que ce royaume de singeries que j'ai contribué à créer nous a si bien conditionnées à la faire. J'ai craqué. Je crois que c'est le mot.

Craquer : se rompre, se déchirer en produisant un bruit sec.

Oui, j'ai craqué.

Pourtant, je la connais la leçon, je l'ai même en partie écrite. Où est-elle passée cette jeune idéaliste qui comprenait la valeur de la patience, les dangers de la critique, qui savait choyer, rassurer, aimer ? Évanouie. *Inoanouie*. Oui, je regrette parfois l'esprit de compétition, la négativité, la méchanceté, le franc-parler, la haine qu'on évoque dans les livres d'histoire et qui ont presque réussi à anéantir l'humanité. Oui, et alors ? Pourquoi ne pourrais-je pas moi aussi cracher sur le monde ?

Béa a raison, je dois me ressaisir. Ce ne sera pas la dernière arriviste pistonnée et incompétente à laquelle j'aurai affaire. Après tout, Inoa n'est qu'un exemple parmi tant d'autres du trou béant que la perfection érigée en droit absolu a creusé dans tous les recoins d'Éra, même pour les plus médiocres d'entre nous. Un vrai gruyère ! Je ne vais pas la laisser gâcher ma vie, ma carrière, tout ce que j'ai bâti à force de positivité, de sourires forcés, de dévouement et de fausse tendresse. Mais si au moins elle faisait des efforts ! Si cette pintade prétentieuse était moins con, moins bouffie d'arrogance, moins moche ! Si son existence de bienveillance lui avait au moins appris l'humilité ! On n'a pas toutes eu cette chance, merde ! Non, tout le monde ne peut pas tout faire. Non, Inoa n'est pas formidable. Elle est banale. Pourquoi serait-ce à moi de m'en rendre malade ?

C'est vrai que ça fait du bien finalement de mettre tout ça par écrit. Espérons juste que personne ne tombera jamais sur ce cahier.

[11 décembre]

Est-ce que quelqu'une a perçu mon hésitation ? Béa m'a assuré que non.

— Et quand bien même, qu'est-ce que ça ferait ?

J'ai toujours adoré Béa, mais parfois elle m'exaspère à me passer mes faiblesses. Même moi, je me serais foutu des claques. Hésiter à accepter une promotion pareille. Une opportunité que j'ai attendue toute ma vie. Quelle conne ! J'ai laissé cette pétasse me gâcher mon plaisir. Encore une fois !

Ce matin, dans la salle du Conseil, je ne parvenais pas à détacher mon regard de cette salope d'actionnaire qui m'a mis sa protégée sur les bras. Elle vomissait ses éloges de son sourire le plus hypocrite, et je ne pouvais pas m'empêcher de l'imaginer attachée à califourchon sur sa chaise à roulettes, une boule de cuir enfoncée dans la bouche. Je la fouettais, je la giflais, je l'insultais. Je la noyais dans une mare d'Inoa. J'entendais à peine les mots, les bruits de fond, les applaudissements, le tintement des verres et l'explosion des bulles. Je ne percevais que le son du fouet qui frappait dans ma tête. J'avais les mains couleur de sang et le souffle court.

— Ne sois pas si nerveuse, ma chérie. Tout se passera bien. On prépare ça depuis des années.

Béa a bien mené sa barque. Mon coup d'éclat n'a pas vraiment pesé dans la balance, mais il n'a pas manqué d'ouvrir les festivités. Les membres du Conseil ont appliqué la règle de la bienveillance à la lettre, « même si mon offense aurait pu les en dispenser ». Ça n'a pas empêché ces harpies montées sur leurs sièges de velours de se congratuler de leur indulgence non plus.

J'aurais dû leur faire avaler leurs dossiers cartonnés et leur interminable sourire avec. J'ai plutôt ravalé ma « fierté toxique » comme on l'appellerait dans les pages Santé-Psycho du magazine, qui me conseillerait certainement de faire contrôler mon taux de testostérone et de m'inscrire à une cure de repolarisation féminine. Bien évidemment !

Me voilà « quelqu'une d'importante », une « personnalité de premier plan ». Ça me fait flipper, presque autant que ça m'excite. Plus rien ne sera comme avant. Je serai scrutée, analysée, photographiée, dépecée. Je figurerai dorénavant en première ligne de la propagande positivante que j'ai contribué à ériger en principe absolu, alors que j'invente chaque nuit une manière différente de mettre Inoa en pièces, de la faire fondre, pour en faire quelque chose de neuve, quelque chose de belle.

En rentrant, je me suis entrainée à sourire devant mon miroir, jusqu'à en avoir mal, jusqu'à en pleurer. Un rictus de carton qui ne me quittera plus et qui, dès demain, devra conquérir Éra toute entière, sans l'ombre d'une hésitation.

Hésiter : être incertaine de ce que l'on doit faire, douter, retarder un choix par crainte, par manque d'assurance, manifester son indécision par un temps d'arrêt.

J'ai hésité, ça ne fait aucun doute. J'hésite. Je suis une hésitation.

[21 décembre]

Une surprise ! Depuis quand j'aime les surprises, les sourires entendus que personne ne saisit, les cachoteries, les demi-mots ? J'adore Béa, mais parfois sa capacité à faire totalement abstraction d'autrui m'exaspère. Voilà qu'elle me prépare un coup tordu et m'intime de m'acheter une tenue « TRÈS sexy », « mais pas trop vulgaire », qui ressemble à « mes fantasmes profonds », et tout ça pour ce weekend ! Mais qu'est-ce qu'elle veut dire par là ? La seule chose qu'elle a trouvé à répondre à ma mine interloquée, c'est un sourire en coin et un clin d'œil insolite dans la salle vide et métallique du Conseil.

Je viens de passer une heure sur des sites spécialisés, et je n'ai déniché qu'une courte robe légère noire à bretelles des plus classiques. Même mes fantasmes m'ennuient, à part ceux de mon actionnaire préférée ébouillantée par les gouttes brulantes d'Inoa qui lui coulent sur le visage pour y imprimer des larmes éternelles. Dorénavant, je consacre presque toujours une partie de ma journée à ces petits jeux de l'esprit. Ça me détend. J'ai reçu plusieurs fois Inoa depuis ma nomination, et je n'ai pas encore fait de carnage. Inoa et Élyse, à qui j'ai refilé le boulet à la minute où j'ai intégré mon nouveau bureau avec vue imprenable sur le centre-ville. Pauvre Élyse, elle n'en peut déjà plus de la plume infecte de notre jeune rédactrice vedette. « Elle part de loin. » « Je ne suis pas sûre d'avoir les compétences pour l'aider. » Misérable cruche ! J'ai l'impression de m'entendre. Je m'imagine presque en train d'enfoncer la pointe de mon talon dans son pied, ou dans le mien, avec un grand sourire empli de sadisme. « Tu y arriveras ma chérie. Je crois en toi. Aie confiance. », lui ai-je répondu avant de la renvoyer vers sa pénitence.

Pénitence : Punition, châtiment, acte expiatoire imposé aux fidèles. Mortification.

Chacune d'entre nous a une Inoa à porter. Inoa est notre pénitence à toutes.

[24 décembre]

Je ne sais pas quoi penser. Encore moins quoi écrire. J'ai juste conscience que je me rappellerai cette soirée toute ma vie, même si j'ai bien du mal à m'en souvenir clairement. Elle fait désormais partie de moi, mais je ne pourrais pas dire si elle m'a excitée, effrayée, enthousiasmée, scandalisée.

Confuse : désordonnée, indistincte, qui manque de clarté. Embarrassée, par pudeur, par honte, par un compliment.

Je suis confuse.

— C'est très soft ici, mais elle y a déjà de quoi bien s'amuser. C'est ce que je préfère. Elle y a bien plus glauque, crois-moi. Qu'est-ce que tu bois ?

J'adore Béa, mais qu'est-ce qui lui est passé par la tête ?

J'étais pétrifiée dans un coin de la pièce, médusée par ces corps nus, décorés de cuir et de dentelle, par les bruits de fond et de fouets, rehaussés d'une musique entêtante qui me transperçait les tympans. Et Béa qui s'acharnait à m'enfoncer une paille rose bonbon entre les lèvres. Je me suis accrochée au verre qu'elle me tendait, et je me suis concentrée sur le froid qui commençait déjà à m'engourdir les doigts. Elle aurait fallu bien plus qu'un petit daïquiri framboise pour m'aider à reprendre totalement mes esprits, une baignoire de glace peut-être, ou une bonbonne d'azote liquide. Avalé d'un trait, le mélange acidulé de sucre et d'alcool a tout de même l'avantage de calmer l'ébullition à l'intérieur de mon crâne et de ralentir mon rythme cardiaque.

— Ça fait bizarre au début, me criait Béa, alors que je remarquais uniquement les jarretières qui dépassaient de sa minijupe en cuir.

Un symbole d'une autre époque qu'elle avait sans doute déniché chez un antiquaire. Béa a toujours été fan des vieilleries et des extravagances d'antan. « Sans rire ! », ai-je pensé sans parvenir à prononcer un seul mot. Après quelques verres, je me suis finalement extirpée du coin obscur qui m'avait servi de refuge depuis mon arrivée. J'étais agrippée au bras de Béa, qui avait décidé qu'elle était temps que je fasse le tour du propriétaire. Les salles changeaient de couleur, d'ambiance musicale, de décors et d'accessoires, mais diffusaient le même caléidoscope de peaux, de cris, d'odeurs de transpiration.

Dans une pièce, c'était peut-être la dernière, entrecoupée de rais de lumière faisant étrangement penser aux stores californiens de la salle de réunion du magazine, j'ai aperçu un tas d'hommes qui s'agitait dans un mouvement saccadé. J'ai attrapé un fouet, ou peut-être qu'il avait toujours été là, dans mes mains, ou peut-être est-ce Béa qui me l'a tendu. Je me suis approchée, et j'ai frappé, frappé, encore frappé. De plus en plus fort. Frappé, des dos, des bras, des testicules qui gigotaient entre des cuisses moites, un visage. Puis, au milieu de toutes ces nuances de chair, du rouge. Du sang. Je voyais Inoa, je voyais son actionnaire se faire engloutir, lentement et sauvagement, sous cet amas informe. J'ai crié, je crois. De rage ou de plaisir. Puis Béa a attrapé mon poing levé qui s'apprêtait à s'abattre à nouveau sur le monstre stroboscopique.

— Ça suffit.

Mes doigts crispés ont relâché leur étreinte. Sans résister. Je suppose qu'on est sorties et qu'elle m'a ramenée. J'imagine qu'elle m'a déshabillée avant de m'allonger dans le lit et de refermer la porte derrière elle. Qu'est-ce qu'elle aurait pu faire d'autre ? J'ai dû sombrer dans le sommeil. Je ne sais même pas si j'étais vraiment éveillée. Cela faisait des années que je n'avais pas si bien dormi.

[31 décembre]

J'y suis retournée. Je n'ai pas pu faire autrement. Toute la semaine, j'étais ailleurs. Je suis passée à côté de trois interviews clés sur le nouveau cadre éducatif qui devrait être voté au printemps. Je prépare ça depuis des années avec Béa et les dirigeantes du parti. Ce n'était pas gagné au début de faire accepter à la population que les hommes intègrent le personnel d'encadrement scolaire, qu'ils pouvaient être rééduqués en profondeur pour se débarrasser de leurs instincts prédateurs. Les femmes adultes avaient réussi à les dompter, mais comment s'assurer que le naturel ne reviendrait pas au galop pervertir des enfants vulnérables dès que l'occasion se présenterait ? Nous avons tout fait pour protéger nos concitoyennes de leur influence toxique, et voilà que nous voulons faire entrer le loup dans les écoles, les centres pédagogiques, les foyers, et même les couveuses ! Tout ça parce que des associations machistes se plaignent des inégalités (au bout de quoi, une cinquantaine d'années seulement ?) et qu'une collective de pédopsychiatres réputées a pointé le déséquilibre socioénergétique grandissant observé chez les nouvelles générations. Pour le magazine et ses actionnaires, l'intégration des hommes dans les strates médianes de la société représente surtout une manne financière inexploitée, mais je ne peux tout de même pas faire imprimer ça sur la couverture du prochain numéro au-dessus d'une illustration montrant une horde de bambins au sourire ébahi en train de tendre une grosse poignée de biffetons à une dame bien habillée. En théorie, je n'ai même pas le droit de la penser. N'est-ce pas pour cela que nous avons bâti un monde pavé uniquement de bonnes intentions ?

D'ailleurs, je n'ai réussi à penser à rien cette semaine.

— C'est bien beau tout ça, mais elle faut surtout songer aux enfants. Vous n'avez pas peur qu'ils deviennent poreux à l'agressivité inhérente d'éducateurs masculins ?

Alors que l'intervieweuse me posait cette question, j'imaginais une bande de gamins déchainés lançant des fléchettes vers Inoa sous mes encouragements. Et cent points pour les yeux ! Je bafouillais, je répondais à côté. J'oubliais mon sourire et ma bienveillance. Je montrais mon impatience. Derrière les mots de soutien et les « C'est normal d'être nerveuse ma belle. Ça ira mieux la prochaine fois », je les ai remarqués, les regards en coin, les ricanements, les messes basses qui me reprochaient de ne pas être à la hauteur des espoirs qu'on avait placés en moi. Elles me voyaient chuter de mon piédestal, ces hyènes souriantes, elles s'imaginaient déjà en train de dévorer mon cadavre encore chaud pour prendre ma place. « Une pour toute, et toutes pour une », mon cul ! Il n'avait pas fière allure le visage du « tournant historique de la nation ». Un visage neuf pour une éducation moderne et inclusive. C'était bien pour ça que ma nomination avait été accélérée, ou peut-être était-ce juste pour me jeter en pâture aux hyènes.

Alors, j'y suis retournée. Elle fallait que je m'assure que tout cela était vrai, que je n'avais pas inventé les images qui me réveillaient chaque nuit, en sueur. J'ai mis la même robe noire, j'ai emprunté un de ces masques de carnaval en dentelle à la réception et j'ai descendu les escaliers pas à pas. La salle du bar était telle que dans mes demi-souvenirs. J'ai commandé un daïquiri framboise, répétant mes gestes à l'identique, imaginant un rituel, une cérémonie nouvelle, entièrement créée de mes mains. J'ai parcouru les différents espaces, lentement, observant tous les détails dont elle ne m'était resté qu'une vague impression moite, suffocante, enivrante, excitante. J'ai passé des heures à toucher, sentir, écouter, épier, lécher, avant de me diriger vers la pièce du fond.

Transe : exaltation d'une personne transportée hors d'elle-même, hors du réel. Excitation extrême. État de conscience à l'extérieur de soi.

J'étais en transe. Ça devait être les lumières. Des fouets étaient pendus à l'entrée. J'en ai attrapé un, et j'ai frappé la bête, encore, jusqu'au sang, jusqu'au cri. Et j'ai dormi comme jamais.

[18 février]

Engluer : enduire d'une matière poisseuse, être prise dans quelque chose de visqueuse, se retrouver dans une situation complexe, inextricable.

Je suis engluée, moite, poisseuse, et je ne m'en porte que mieux. « Rayonnante », « formidable », les compliments, les vrais, fusent depuis quelque temps. J'ai renvoyé les hyènes à la niche avec mon plus beau sourire. Ça faisait des années que je n'avais pas franchi les portes du magazine aussi sereine. La substance visqueuse dont je m'enduis chaque samedi fait glisser sur moi toutes les mesquineries du quotidien. Rien ne m'atteint plus. Je n'ai même pas bronché quand Inoa a demandé la mise à pied d'Éric. Il va surement se faire virer. Dommage, je l'aime bien Éric. Il a un joli petit cul, et il ne m'en veut jamais quand je passe mes nerfs ou que je fantasme sur lui pour le faire rougir. Pauvre Éric ! Il n'a pas su quoi répondre quand Inoa lui a fait des avances frontales et lui a demandé des explications face à son refus. Son hésitation, ses bafouillements et son petit sourire qui ne le quitte jamais ont eu raison de ses bons et loyaux services. Elle faut dire que depuis la loi sur le devoir de reconnaissance de toutes les formes de beauté et d'intelligence, être désirable est devenu un droit, et faire ressentir à autrui son indésirabilité, sa bêtise ou sa totale incompétence, un crime. Je suis une criminelle mais, contrairement à Éric, j'ai des amies, de l'argent, du pouvoir et une bonne dose d'aplomb. J'aurais dû mieux m'occuper de lui, lui apprendre les bons réflexes pour qu'il sache se protéger des pleurnicheuses comme Inoa. Un simple « Désolé, j'ai des sentiments très forts pour quelqu'un d'autre » aurait suffi. Ou quoi que ce soit d'invérifiable. Qu'est-ce qui lui a pris de bafouiller ? Je devrais le faire entrer dans une de ces maisons de tolérance clandestines dans lesquelles je passe une partie de mes weekends. Je crois que ça me plairait assez de l'endurcir un peu, de le malmener, attaché, jusqu'à ce qu'il sache répondre sans broncher à la moindre de mes injonctions.

Au fil de mes visites, j'en ai appris beaucoup sur ces établissements clandestins réservés à la fine fleur d'Éra. Parrainages, confidentialité, recrutement, tout est fait pour que les femmes les plus influentes du pays trouvent chacune un terrain de jeu à leur mesure, sans jamais devoir se heurter à leurs limites. Chaque club de la capitale dont j'ai entendu parler est classé par gout et « niveau d'acceptation de la clientèle ». Je comprends mieux pourquoi, après avoir fait saigner leurs employés par deux fois, les responsables du club où m'avait invitée Béa m'ont dirigée vers un autre établissement « plus adapté », non sans m'avoir soutiré quelque dédommagement « pour la gêne occasionnée auprès de la clientèle ».

La nouvelle maison est en effet plus « adaptée à ma sensibilité ». Plus agressive, moins timorée. J'y ai découvert des mots et des objets dont je ne soupçonnais même pas l'existence. Des écarteurs, des harnais, des roues crantées, des pinces et des fouets en tous genres, de toutes les couleurs. J'ai appris à faire des nœuds, à faire couler de la cire par petites touches, sans en foutre partout. Je traine des hommes au bout d'une laisse, je les piétine. Et je me réveille comme neuve, avec mon bouclier poisseux et puant pour affronter l'hypocrisie de ce monde qui m'était devenue insoutenable.

Béa ne sait rien de tout cela. Enfin, pas la partie plus importante. Je l'ai remerciée. Je lui ai dit que j'avais trouvé un autre club, que je préférais ne pas prendre le risque de la croiser, que ça me gênait. Depuis, chaque lundi, elle m'accueille avec un clin d'œil complice en me demandant si j'ai passé un bon weekend. Elle a l'air heureuse de constater que je vais mieux, de s'être sentie utile.

Vendredi, les résultats du dernier sondage sont tombés. Le taux d'acceptation du nouveau cadre éducatif s'est envolé. Les actionnaires sont ravies et m'ont promis un bonus juteux si le résultat du vote se confirmait.

[14 mars]

Je suis peut-être allée un peu loin, mais elle fallait bien que je fête la nouvelle ! La loi est passée, deux mois avant la date prévue. Des millions de gagnés sur les prévisions du Conseil ! Les actions ont crevé le plafond, mon bonus et ma notoriété avec. Toutes ces effusions d'argent et de bons sentiments ont excité ma colère et mes fantasmes. J'imaginais enfoncer de gros amuse-gueules entiers dans la bouche des invitées avant de les forcer à se mettre à genoux pour lécher les miettes qu'elles avaient laissé tomber. J'imaginais Inoa et son actionnaire animer le buffet, à quatre pattes sur la table, chacune enfoncée à un bout d'une énorme broche, saucissonnées comme des dindes, à gigoter au rythme de mon fouet et des cris hystériques de l'assistance. Je n'y tenais plus, pour la première fois, je me suis rendue au club en semaine.

Je me souviens des hommes qui m'attendaient dans le grand boudoir aux lumières bleutées. Je me souviens avoir demandé « autre chose », « quelqu'un de moins soumis ». Je voulais qu'on me résiste. Allez savoir pourquoi, j'avais besoin de contraindre, de faire plier quelque chose. Je me sentais l'âme d'une conquérante à qui rien ne devrait résister. Je me souviens de ce grand brun aux muscles parfaitement dessiné que j'ai désigné en tendant la laisse à la directrice de l'établissement. Il soutenait mon regard avec une assurance que j'avais rarement vue chez un homme. « Je ne suis pas sûre que ce soit le meilleur choix pour vous. Je ne voudrais pas que vous soyez déçue. Je vous conseillerais plutôt… » Je n'ai même pas eu besoin de répondre. Mon regard a suffi.

Je me souviens m'être dirigée vers le bar, mon nouveau jouet qui trainait la patte au bout d'une laisse, deux de mes habitués sur les talons pour m'assister dans le dressage que j'avais décidé d'entreprendre. J'ai commandé un daïquiri framboise. Après ça, tout est devenu flou. Je vois encore les flammes rouges des bougies qui scintillent au rythme des notes. J'entends encore la musique, cet inimitable requiem qui à lui seul aurait pu me faire entrer en transe. Personne n'a jamais aussi bien dépeint notre pays que Mozart, même s'il n'aurait jamais pu y briller. Dans chaque morceau, dans chaque accord, cumulant allégresse et désespoir, sur un son doux et rêche, pour conter comme personne tout le plaisir de la douleur.

Après Mozart, après les bougies, ne me reviennent que des bribes d'ombres stroboscopiques. J'entrevois les langues qui se caressent, qui réchauffent les larmes de daïquiri glacé qui ruissèlent jusqu'à mon pubis. Je me vois mettre mon valet à genoux, une sangle autour du crâne, un autre homme dans sa bouche maintenue ouverte par des tentacules de fer. Il ne voulait rien, je l'ai contraint à tout. Une salle plus sombre. Des liens. Des flammes, des bougies. Des cris. Je voulais toucher ses sanglots, sa souffrance quand il se ferait prendre pour la première fois par une femme, par un homme, quand il deviendrait visqueux. Je me souviens des larmes. Je me souviens des morceaux de verre brisé, gluant et perlé de paillettes rose vif, qui s'enfonçaient lentement pour m'aider à le raidir. Je me souviens du sang, de cris. Je crois que j'ai joui, puis que je me suis évanouie.

Je me suis réveillée en sueur, les mains écorchées. La directrice de la maison tournait comme un lion en cage. Bien évidemment, rien de tout cela n'était arrivé, mais je ne pouvais plus remettre les pieds dans cette maison, pour le bien de toutes. Elle m'a donné une carte. « Là-bas, vous devriez vous sentir à l'aise ». Un club sans limites, je suis presque certaine que c'est ce qu'elle m'a glissé à l'oreille. Un endroit que je devrais oublier chaque fois que j'en sortirais si je ne voulais pas sombrer. J'ai rangé la carte dans mon portefeuille. J'ai promis de faire apporter la donation convenue pour dédommager « la gêne occasionnée ». Puis, je suis sortie, à la fois effrayée et excitée de constater qu'avec suffisamment de rage, d'indifférence, d'argent et de pouvoir, nous restons capables d'asservir tous ceux que nous avons contraints à être plus faibles que nous.

Remerciements

Ce recueil est né de beaucoup d'incompréhension, de rage et d'indignation face à des discours intéressés et malsains qui manipulent l'opinion publique pour mieux maintenir le *statu quo*. Mais il est aussi le fruit de nombreuses collaborations et du soutien de mes proches.

Je tiens particulièrement à remercier ma mère, Janine Dubois, qui m'a lue et relue, sans jamais rechigner, et mon compagnon, Miguel Alcântara, pour ses relectures, ses encouragements et sa photo, qui représente si bien l'univers que je tente de décrire.

Merci également à mon frère, Sylvain Dubois, de m'aider pour chacune de mes couvertures, et à Maeva, Tien, Louisa, Sarah, Christelle, Alix, Michael, Renaud, ainsi qu'à toutes les personnes qui ont pris le temps de me donner leur avis à un moment ou à un autre.

Et puis, ce recueil ne serait sans doute pas aussi abouti sans l'aide de mes relecteurs, Nicolas Aubry (New Redaction) et Caterina Tosati (L'envers des mots), ainsi que des nombreuses personnes qui m'ont aidée à améliorer chaque récit.

Je tiens aussi à remercier Lou Ledrut de la Librairie Jeunes Pousses, qui a distribué mon précédent recueil et qui, je l'espère, sera intéressée par celui-ci.

Merci enfin à toutes les personnes qui se sont laissé tenter par ces histoires. Vous n'imaginez pas à quel point chaque commande et chaque commentaire me fait chaud au cœur.

Du même auteur

13 Tombeaux (recueil de nouvelles), 2020, Books on Demand

S-Poire (nouvelle), dans *Une graine d'espoir*, ouvrage collectif sous la direction de Lou Ledrut, 2021, Librairie Jeunes Pousses

La guerre du calendrier (nouvelle), dans *Un Noël chez les Jeunes Pousses*, ouvrage collectif sous la direction de Lou Ledrut, 2022, Librairie Jeunes Pousses